KB097753

오정희의 기담

오정희의 기담

이상야릇하고 재미있는 옛이야기

오정희 글 | 이보름 그림

책읽는섬

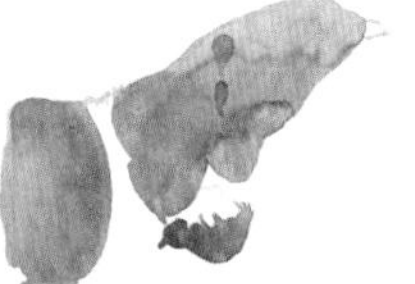

바다처럼 넓은 못에는 조각배 하나 보이지 않았다.
이 물을 어찌 건널꼬.
아내의 입속 탄식이 채 끝나기도 전
강아지가 물속으로 풍덩 뛰어들었다.
저 강아지만 따라가면 된다고 했거늘!
아내는 용기를 내어 물속으로 뛰어들었다.

서문

어른, 아이, 남녀노소가 두루 재미있게 읽을 수 있는 이야기책을 써보고 싶다는 생각을 꽤 오래전부터 해왔다. 어린 시절, 할머니나 주변 어른들로부터 들었던 옛날이야기, 또래 동무들끼리 지어내어 나누던 이상하고 으스스하고 괴기스러운 이야기들을 나름의 상상력으로 재구성해보고 싶었다.

옛사람들의 소박한 삶 속에 깃든 꿈과 소망, 슬픔과 그리움, 열망 들은 지금 이곳, 우리들의 삶에도 웅숭깊게 배어 있다. 그것이 생로병사로 조건 지어진 우리의 삶이 부박하기만 하거나 단색 판화일 수만은 없는 까

닭이다. 그래서…… 그래서…… 그랬는데……. 그렇게 되었다지 뭐야……. 끝없는 이야기, 이야기들.

이야기들을 교훈이나 풍자, 해학, 한恨 등의 단어로 분석하고 풀이하는 것은 지난한 일이고 그다지 의미 있는 일도 아니라고 생각한다.

생명은 유한해도 이야기는 끝이 없다. 인생은 저마다 고유하게 빚어가는 자신만의 이야기라는 생각이 승해지는 이즈음 앞서 살아간 사람들, 그들의 시대와 세상이 한결 애틋하고 가깝게 다가온다. 삶을 찬가로 만드는 것은 이야기의 힘일 것이다.

강원대학교 국어국문학과 선생님과 학생들이 강원도 땅 높고 낮은 곳, 골지고 주름진 곳마다 찾아다니며 채록한 '강원 설화집'을 만나지 않았다면 옛이야기를 써보겠다는 것은 그저 생각만으로 그쳤을 것이다. 정성과 공력이 바쳐진 그 책을 읽으며 옛사람들의 소박한 삶에 깃든 신화와 우의성, 집단 무의식 같은 것을 보았고 막연했던 계획을 구체적 작업으로 실행할 수 있었다.

옛사람들이 살았던 세상, 그 아득하고 유현한 마음

을 그림으로 그려주신 이보름 선생님, 정성껏 아름다운 책으로 만들어주신 편집부 여러분께 감사의 마음을 전하고 싶다.

2018년 가을 오정희

차례

어느 봄날에

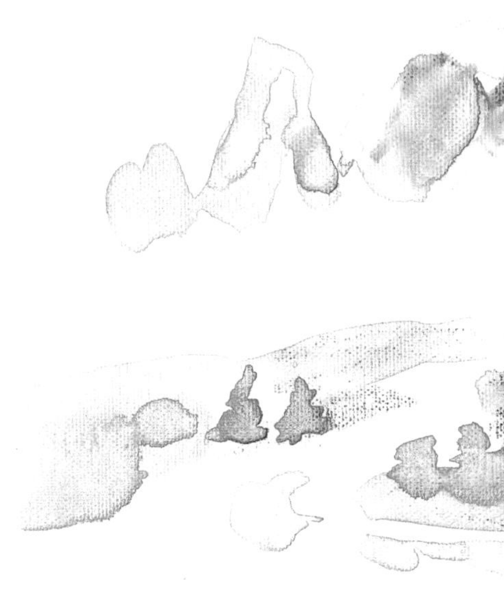

일찍 부모를 여의고 단둘이 살아가는 남매가 있었다. 누나인 윤옥과 남동생 윤호는 이목구비가 뚜렷한 생김새며 나이에 비해 헌칠하고 늘씬한 체격이 마치 쌍둥이처럼 똑같았다.

윤옥은 윤호를 극진히 사랑하고 돌보았다. 삯바느질부터 부잣집 허드렛일까지 몸을 아끼지 않고 일하면서 동생을 먹이고 입히는 데 정성을 다했다. 부모 없는 아이 티가 나지 않도록 애썼다. 윤호 역시 누나를 어머니처럼 믿고 의지했다. 불과 세 살 위였지만 윤옥은 생각이 깊고 행동거지가 어른스러웠다. 윤옥은 일하러 나가면서 가끔 윤호에게 '오늘은 강가에 나가 놀지 말라'거나 '산에 올라가지 말라'고 이르는 일이 있었다. 이상하게도 그런 날에는 동네 아이들 중 누군가 강물에 빠지거나 산에서 뱀에 물려 죽는 일이 일어났다.

"사람이 글을 배워 도리를 알지 못하면 짐승과 무엇이 다르겠느냐."

윤호가 열세 살이 되자 윤옥은 그를 마을 서당에 보내었다.

윤호는 글 배우기를 좋아하였다. 서당에 다니는 학생들 중 가장 나이가 어렸으나 하루종일 조는 일도, 한눈파는 일도 없이 열심히 공부했기에 누구보다도 뛰어났다. 하나를 가르치면 열을 알고 한번 배운 것은 잊어버리는 법이 없었다.

서당에 글 배우러 오는 사람들 중에는 나이든 떠꺼머리 총각들도 많았다. 그들은 대체로 글 읽기보다 술 마시고 노는 일을 더 좋아하였다. '그저 까막눈이나 면하면 되지' 하는 마음에 도통 공부에 마음 쓰지 않았다. 훈장님은 언제나 윤호와 견주어 게으른 제자들을 나무랐다.

"늙어 죽을 때까지 그저 '하늘 천 따 지'만 읊어댈 거냐? 윤호를 좀 본받아라. 어린 동생 같은 윤호에게 부끄럽지도 않으냐. 에그, 못난 것들, 쯧쯧."

형들은 윤호가 못마땅하고 미워서 견딜 수가 없었다. 윤호가 착실하기 때문에 그들의 모자람이나 나태함이 더욱 두드러지는 것을 참을 수 없었다. 윤호는 형들을 무시하거나 잘난 체하는 일이 없었지만 형들의 눈에는 그러한 태도도 건방을 떠는 것처럼 보였다.

"아무래도 안 되겠다. 저놈을 혼내주자."

형들은 좁은 논두렁에서 그를 밀어뜨려 두엄더미에 빠뜨리거나 애지중지하는 책을 감추고 없애기도 하는 등 골탕을 먹였지만 윤호는 대들어 따지거나 훈장님에게 고자질하지 않았다. 그럴수록 형들은 그가 더욱 미웠다.

"어린놈이 우릴 무시하고 잘난 척하는 꼴을 더 이상 두고 볼 수 없어. 무슨 수를 내야지, 안 되겠다."

초여름으로 접어드는 어느 날, 서당의 학생 한 명이 천자문을 떼게 되어 책씻이를 하기로 했다.

"날씨도 슬슬 더워지니 시원한 물가로 나가자. 자연

을 벗삼아 목청껏 글도 외우고 물놀이도 하면서 하루를 신나게 놀아보자."

놀기 좋아하는 그들로서는 맘놓고 술 마시고 놀 수 있는 좋은 구실이었다. 늙은 훈장님은 심한 고뿔로 전날부터 이불을 쓰고 누워 있었다. 끙끙 앓는 소리를 내며 손을 홰홰 내저었다.

"나는 몸이 아파 갈 수 없으니 너희들끼리 야외수업을 해라. 내가 없더라도 그동안 배운 것을 열 번씩 큰 소리로 외워야 한다."

그들은 이번 기회에 그 눈엣가시 같은 윤호를 죽이기로 모의했다. 독약을 탄 작은 술단지를 따로 준비했다.

"그놈에게는 이 술을 먹이자. 아직 어린놈이라 필시 술을 이기지 못해 죽은 줄 알 것이다."

다음날 아침, 더운 날씨인데도 윤옥은 동생에게 겨울 저고리를 입혔다. 특별히 소매에 솜을 두둑이 두어 지은 것이었다. 윤옥은 단단히 일렀다.

"얘야. 오늘 서당 형들이 술을 많이 권할 거다. 술잔을 받으면, 아직 어린 네가 형들과 마주보고 술을 먹을 수 없다고 하면서 돌아앉아라. 먹는 시늉만 하고는 그 술을 소매 속에 부어버려라. 술이 솜 속으로 배어들어 남들은 그것을 모를 것이다. 절대로 술을 먹으면 안 된다."

누나의 말대로 형들은 전에 없이 친절한 태도를 보이며 저마다 윤호에게 술을 권했다. 윤호는 누나가 일러준 대로 돌아앉아 먹는 시늉만 하고는 소매 속에 부어버렸다.

어느새 해는 서산으로 뉘엿뉘엿 지고 있었다.

"아, 오늘 하루 잘 놀았다. 아까운 술이 아직 남았으니 마저 먹고 가자. 윤호, 이 녀석, 공부만 하는 샌님인 줄 알았더니 쬐그만 게 여간 아니네. 우리가 준 술을 다 받아먹고도 이렇게 멀쩡하잖아? 아무래도 술이 모자랐는가보다. 모름지기 사내라면 한 말 술은 먹어야지."

형들이 귀여워 못 견디겠다는 듯 머리를 쓰다듬고 추켜세우는 바람에 마음이 풀어진 윤호는 그만 누나가 한 말을 깜박 잊고 한 잔 받아 마셨다. 속이 이상하게 울렁거리고 몹시 어지러웠다. 비틀대며 간신히 집으로 돌아왔으나 그길로 쓰러져 숨이 끊어졌다.

윤옥은 죽어버린 동생을 끌어안고 슬피 울었다.

"내가 죽어서 네가 살아난다면, 내가 죽어서 너를 살

릴 수만 있다면 천만 번이라도 대신 죽으련만……."

한편, 윤호에게 술을 먹인 형들은 뒷일이 궁금해 견딜 수가 없었다. 밤이 깊어 윤호의 집을 찾아갔다. 집 안은 조용한데 호롱불 빛이 바알갛게 창호지 문으로 비치고 있었다. 살금살금 방문 앞으로 다가가 찢어진 문구멍으로 안을 엿보았다. 그런데 이게 어찌된 일인가. 틀림없이 죽었어야 할 윤호가 방문을 등지고 단정히 앉아 나지막한 소리로 글을 읽고 있는 것이 아닌가.

"저놈이 하루종일 독이 든 술을 먹고도 이렇게 멀쩡하게 살아 글까지 읽고 있는 걸 보니 그게 독술이 아니라 약술이었나보다. 에이, 남은 것이 아까우니 우리가 마저 먹어버리자."

그러고는 몰려가 작은 단지 바닥에 조금 남아 있는 술을 박박 긁어 한 모금씩 나눠 마시고 모두 죽어버렸다. 동네에 줄초상이 났다. 새벽부터 집집마다 울리는 곡성에 온 동네가 떠나갈 듯했다.

"내가 너를 삼 년 동안 이대로 놓아두겠다. 삼 년 후 돌아와 다시 살려내겠다."

윤옥은 죽은 동생을 깨끗이 씻겨 잠재우듯 이불 속

에 곱게 눕혔다. 그런 후 남자 옷으로 갈아입고 댕기머리를 올려 무명수건으로 질끈 동여매었다. 영락없이 총각의 모습이었다. 방문에 자물쇠를 채우고 간단한 봇짐을 꾸려 집을 떠났다.

윤옥은 남자 차림새로 남자 행세를 하며 이곳저곳 떠돌았다. 농사철이면 남의 집 농사를 거들고, 가축을 많이 기르는 집에서는 목부 노릇을 하기도 하고, 서당의 머슴을 살며 어깨너머로 글을 배우기도 했다. 일을 시켜본 사람들은 그 훤칠한 인물이며 성실함이며 문물의 이치에 두루 밝은 점을 들어 윤옥을 칭찬해 마지않았다.

일 잘하고 신실한 떠돌이 일꾼이 있다는 소문을 들은 어느 대감 집에서 윤옥을 불러들여 청지기 노릇을 맡겼다. 집 안팎의 잡일을 하고 주인집 식구들의 시중을 드는 일이었다.

대감은 아들이 없이 달랑 외동딸 하나만을 두고 있었다. 그 딸은, 비록 남의집살이를 하지만 점잖은 기품이 있어 보이는 데다 남모를 슬픈 사연을 지닌 듯 때로 우수 어린 표정으로 혼자 생각에 깊이 빠져들기도 하는 젊은 청지기에게 온통 마음을 빼앗겼다.

딸이 아버지에게 말했다.

"인물도 잘나고 맘씨도 좋고 부지런한 저 총각에게 시집가고 싶습니다."

"안 된다. 어디 신랑 자리가 없어서 집도 절도 없이 떠돌아다니는 놈에게 시집을 가겠다고 하느냐? 집안 망신을 시키려느냐?"

아버지는 노발대발하였으나 사랑에 빠진 딸은 막무가내였다. 아무리 으르고 달래도 소용없었다. 종내는 새파랗게 날을 세운 비수로 제 가슴을 찌르려 하였다.

"그 사람하고 혼인할 수 없다면 차라리 죽어버리겠어요."

예로부터 자식 이기는 부모는 없는 법! 딸이 죽는 꼴을 보느니 아무 놈에게나 주어버리는 게 낫다고 생각한 대감은 하는 수 없이 혼인을 시키기로 했다. 하긴 근본을 모른달 뿐 뚝 떼어놓고 보면 어느 재상집 자제라 해도 속을 만큼 됨됨이며 인물이 출중한 청지기 총각이었다. 지체가 낮은 것이 못내 아쉽지만 그런대로 착실한 데릴사위 노릇을 잘할 것 같았다.

결혼을 하였으나 여자들끼리인지라 부부가 될 수 없었다. 혼인 첫날, 신방에 드는 시늉만 하고 옷고름도 풀지 않은 채 청지기 방으로 돌아간 신랑은 여러 날이 지나도록 여전히 그곳에서 기거하였다. 참다못해 신부가 따지고 들었다.

"예로부터 부부는 일심동체요, 하늘이 맺어주는 인연이라 했거늘 어찌 저를 멀리하십니까?"

"아직 부모님의 탈상을 못한 죄인의 몸이니 상을 벗은 후 당신과 부부로 살겠소. 이해해주구려."

딴은 그렇겠다 싶어 색시는 더이상 불평하지 않고 탈상할 때만 기다렸다.

윤옥은 결혼 후 대감 집을 위하여 더욱 열심히 일했다. 워낙 부잣집 큰살림이라 챙겨야 할 안팎 대소사도, 거느려야 할 사람들도 많았으나 이 모든 일들을 두루 원만하고 세심하게 이끌어나갔고 낟알 한 톨, 짚신 한 짝 사사로이 제 몫으로 하지 않았다. 대감의 사랑과 신임이 나날이 깊어질 것은 정한 이치였다. 어느 날 대감은 윤옥에게 묵직한 열쇠꾸러미를 건네주었다.

"여보게, 이걸 자네가 맡게나. 난 이제 늙었으니 이

집을 모두 자네에게 맡기고 경치 좋은 곳을 찾아다니며 산천 유람이나 하려 하네."

그러고는 정말 금강산 유람을 떠나버렸다.

"아버지가 열쇠꾸러미를 주신 것은 이제 당신을 사위로 인정하신다는 뜻이에요. 장차 당신이 이 집의 주인이 되어 가문을 이어가야 하는 거예요."

아내는 기뻐하며 윤옥의 손을 잡고 집안 곳곳을 보여주었다. 열쇠꾸러미를 들고, 조상들의 신위를 모신 사당을 비롯하여 쌀가마가 가득 쟁여진 곳간, 조상 대대로 내려오는 귀중한 보물을 보관한 창고, 땅문서들과 금붙이 은붙이, 비취와 호박과 진주 등 값진 패물들이 차곡차곡 들어 있는 금고들을 열어 보였다. 그런데 안방 벽장의 깊숙한 곳에 보관되어 있는 작은 궤의 열쇠만은 열쇠꾸러미에 달려 있지 않았다. 아니 그 오동나무궤에는 문짝도 손잡이도 자물쇠도 달려 있지 않았다.

"이 궤에는 무엇이 들어 있소? 어떻게 여는 것이오?"

"우리집에서 제일 중요한 보물이에요. 누구에게도 말할 수 없어요. 이걸 본 것을 아버님께서 아시면 우릴 쫓아내실 거예요."

"우리는 부부고 이젠 나도 이 집 식구 아니오? 그렇게 귀중한 보물이라니 더욱 보고 싶구려. 한 번만 살짝 보여주시오."

윤옥이 졸라대자 아내는 하는 수 없다는 듯 한숨을 쉬고는 그 궤에 손을 얹고 중얼거렸다.

"라오아돌고입몸고입혼라나아살여자은죽(죽은 자여 살아나라. 혼 입고 몸 입고 돌아오라.)."

그러자 궤가 스르르 열렸다. 궤 안에는 빨간꽃 하얀꽃 노란꽃 세 송이를 달고 있는 나뭇가지가 있었다.

"이것은 죽은 사람을 살리는 꽃이랍니다. 빨간꽃은 살살이꽃, 흰꽃은 뼈살이꽃, 노란꽃은 숨살이꽃입니다."

아내는 윤옥이 그것을 자세히 보기도 전에 재빨리 궤에 손을 얹고 주문을 외웠다. 그러자 궤는 언제 열렸었느냐는 듯 감쪽같이 닫혔다.

'라오아돌고입몸고입혼라나아살여자은죽'이라?

그날 밤 윤옥은 아내 몰래 대감의 방에 들어가 낮에 외워둔 주문으로 궤를 열고 그 꽃가지를 품속에 숨겼다. 다음날 아내에게 말했다.

"부모님 돌아가신 지 곧 삼 년이 되어오니 고향에 가

서 부모님 상을 벗고 오겠소."

"혼자 가시다니요? 당신의 부모님이면 내 부모님이시기도 한데 함께 가야 하지 않겠어요?"

"아니오. 길이 멀고 험하니 혼자 다녀오리다. 한 달 후에 돌아오겠소. 참, 흰 명주 한 필만 내어줄 수 있겠소?"

남편의 뜻이 정히 그러한지라 아내는 흰 명주 한 필과 함께 온갖 제사 음식들을 바리바리 꾸려 남편을 떠나보내었다.

윤옥이 옛집에 당도하여 보니 집은 퇴락할 대로 퇴락하여 곧 무너질 지경이 되어 있었다. 마당에는 잡풀이 우거져 귀신이 나올 듯 스산하고 황량하기 짝이 없었다. 방 문고리에는 삼 년 전 떠나며 채워두었던 자물쇠가 시뻘겋게 녹슨 채 그대로 걸려 있었다. 윤옥은 갖가지 감회와 슬픔으로 눈물을 쏟으며 방안으로 들어갔다.

윤호는 살이 다 썩어 뼈만 남은 형체로 누워 있었다. 윤옥은 품속에서 꽃가지를 꺼내 동생의 몸에 대고 외쳤다.

뼈 살아라! 하니 뼈가 살아나고 살 살아라! 하니 살이 뽀얗게 피어났다. 삼 년 동안 못 자랐던 살과 뼈가

우두둑우두둑 부드득부드득 소리를 내며 몸을 키웠다. 마지막으로 숨 살아라! 하니 휴우 긴 숨을 내쉬며 눈을 떴다. 윤호가 누나를 바라보며 기운 없이 말했다.

"누님, 제가 아주 오래 잠을 잤지요?"

윤옥은 보따리를 풀어 아내가 정성껏 마련해준 음식들을 동생에게 먹이며 몸을 추스리도록 정성껏 돌보았다. 다른 속셈이 있었던 윤옥은 하루가 다르게 회복되어가는 윤호에게 대감집의 가족과 친척과 일꾼 들, 자주 드나드는 사람에 이르기까지 각 사람마다의 생김새와 버릇에 대해 자세히 일러주었다. 살림살이들은 어떠하며 안채와 바깥채, 사랑채와 헛간이 어떤 모양으로 어떻게 배치되어 있는지도 자세히 일러주었다. 얼마나 눈에 보이듯 손에 잡히듯 세세히 가르쳐주었는지 윤호는 자신이 오래전부터 그 집에서 살고 있었던 듯한 느낌을 받을 정도였다.

아내와 약속한 한 달이 다 되어가는 어느 날 윤옥은 방안에 앉아 흰 명주필을 펴며 동생에게 말했다.

"이제 내가 살던 대감 집으로 떠나거라. 너는 이제부터 그 집의 사위라는 것을 잊지 말아라. 우리는 이렇게 똑같이 닮았으니 그 집에서도 네가 나인 줄 알 것이다. 부디 잘살거라. 그러나 내외간의 정에만 매여 혼자 남은 이 누이를 잊으면 안 된다. 내년 이날, 복숭아꽃이 필 때 꼭 날 보러 오너라. 나는 널 보듯이 네 옷을 지으면서 기다리마."

때는 봄이었다. 마당 귀퉁이, 해묵은 복숭아나무 가지에는 분홍빛 복숭아꽃이 흐드러지게 피어나고 있었다.

집을 떠나 대감집에 당도한 윤호는 누나가 일러준 대로 먼저 대감의 방으로 가 큰절을 올리며 금강산 유람은 즐거우셨는가를 여쭈었다. 아내에게는 무사히 탈상을 치렀노라고 말했다.

윤호는 예쁘고 살가운 아내가 좋았다. 아내 역시 속 깊고 의젓한 남편이 좋았다. 부부의 정이 새록새록 도탑고 깊어졌다. 행복한 나날 속에서 고향집과 누나를 잊었다.

어느 봄날, 아내와 후원의 연못가를 거닐던 윤호는 연못물에 하르르하르르 떨어져내리는 복숭아 꽃잎을 보며 문득 까닭 모르게 찌르르 가슴이 저려왔다. 그 애달픈 연분홍빛이 그대로 마음에 물드는 것 같았다.

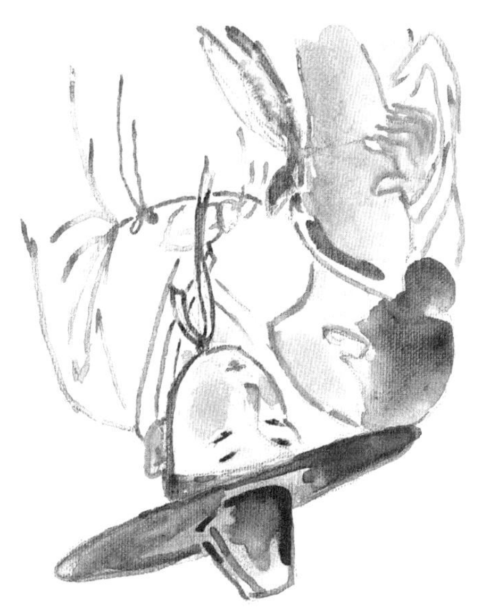

'왜 이리 가슴이 아플까.'

'왜 이리 슬플까.'

가슴앓이의 까닭을 몰라 물위에 떠서 흐르는 꽃잎만을 하염없이 바라보던 윤호의 눈에 문득 이처럼 복숭아꽃 만발했던 어느 봄날의 정경이 떠올랐다. 그리고 '복숭아꽃 필 때……'라고 말하던 누나의 목소리가 들려왔다. 비로소 까맣게 잊고 있었던 누나와의 약속을 기억해냈다. 꼽아보니 누나가 오라는 날에서 하루가 지나 있었다. 윤호는 연못가에 아내를 남겨둔 채 그길로 부랴부랴 말을 타고 고향집으로 달려갔다. 삽짝문 앞에 당도하여 말에서 미처 내리기도 전 소리쳤다.

"누님, 제가 왔습니다."

집은 금방이라도 폭삭 주저앉을 듯 퇴락해 있고 윤옥은 윤호가 떠날 때와 똑같은 자리, 똑같은 모습으로 앉아 바느질을 하고 있었다. 다만 펼쳐놓았던 한 필의 명주가 한 벌의 남자 옷으로 거의 다 지어져 있는 것이, 방바닥 군데군데 풀들이 돋아나 자라고 있는 것만이 시간의 흐름을 말해줄 뿐이었다.

윤옥은 눈을 착 내려뜬 채 바느질만 할 뿐, 방문을

열어젖히고 성큼 들어서는 동생에게 눈길 한 번 주지 않았다.

"누님, 용서하세요. 제가 잘못했습니다. 노여움을 푸십시오."

아무리 무릎을 꿇고 빌어도 윤옥은 종내 동생을 바라보지 않았다. 밤새도록 윤호는 빌고 또 빌었고 윤옥은 아무런 대꾸 없이 바느질만 하였다. 다 지은 바지의 솔기를 뜯고 꿰매고 뜯고 꿰매고 하였다. 날이 밝을 무렵, 절에서 새벽 예불 종소리가 뎅뎅 울려오기 시작하였다. 그러자 이게 웬일인가. 윤옥이, 앉은 자리에서 구렁이가 되어 방고래 속으로 스르르 사라지는 게 아닌가.

그리운 내 낭군은
어디서 저 달을 보고 계신고

강원도 시골 마을에 아들 삼형제를 둔 부부가 살았다. 비록 살림은 넉넉지 못했지만 건강하게 잘 자라는 아들이 셋이나 있으니 남부러울 것이 없었다. 다만 예쁜 딸이 하나쯤 있으면 더 좋을 것 같았다.

"딸이 하나 있으면 빨강치마 노랑저고리를 입혀 매일 데리고 다니며 자랑할 텐데……."

남편의 바람대로 아내는 또 아기를 갖게 되었다. 그런데 열 달이 지나 낳은 것은 사람이 아니라 구렁이였다. 남편은 아내가 낳아놓은 구렁이를 보고는 너무 놀라 그대로 집을 나가버렸다. 필시 자기 집에 내린 커다란 재앙이거나 아내와 세 아들들이 실은 구렁이일는지도 모른다고 겁을 먹었던 것이다.

어머니는 자기가 낳아놓은 것이 사람이 아니라 흉측한 뱀이라는 사실을 믿을 수 없었다. 끔찍하고 무서웠지만 차마 자기 손으로 죽일 수는 없었다. 저절로 죽으라고 이불을 씌워 추운 윗목에 밀쳐두었다. 그러나 구렁이는 죽지도 않고 이불 속에서 대가리를 꼿꼿이 쳐들며 애처롭게 바라보는 것이었다. 할 수 없이 뜨뜻한 아랫목에 끌어다놓고 젖을 짜서 대접에 담아 주니 한 방울도 남기지 않고 맛있게 먹었다.

구렁이는 어머니의 젖을 먹으면서 무럭무럭 자랐다. 방안에 가두어두고 남의 눈에 띄지 않게 하려고 애썼으나 구렁이를 낳았다는 소문은 곧 멀고 가까운 동네에 퍼졌다.

"엊저녁, 용수 엄마가 그 집에 간장 한 종지 얻으러 갔다가 해괴한 걸 봤다는군. 글쎄 그 집 안방 들창 문턱에 뱀대가리가 턱하니 얹혀 있더래. 그 뱀대가리가 눈깔을 두릿두릿, 둘로 짝 갈라진 혓바닥을 날름날름하면서 쳐다보더라네. 놀란 용수 엄마가 엎어지고 자빠지면서 간신히 집에까지 오긴 했는데 얼마나 혼이 나갔는지 밤새 열에 들떠 헛소리를 하며 앓았다지 뭐야."

"애를 낳았다곤 하는데 우린 입때껏 며칠이 지나도록 애 우는 소리 한 번 못 들어보지 않았어요? 빨랫줄에 널린 기저귀도 못 봤고……."

"구렁이를 낳았다는 게 사실인가봐. 밤에 그 집 앞을 지나가는데 불빛이 훤한 방문에 기다란 막대기 같은 것이 구불구불 움직이는 게 비치길래 하도 이상해서 내가 헛걸 봤나 했더니 구렁이였구먼. 아유, 끔찍해라."

우물가에서, 개울가 빨래터에서, 정자나무 아래서, 김매는 밭두덩에서 사람들이 둘씩 셋씩 모이기만 하면 구렁이 이야기였다. 급기야 사람들은 그들 가족 모두 구렁이가 둔갑한 것이라고 말했다. 낮에는 멀쩡한 사람이었다가 밤이 되면 구렁이로 변신하여 스르르스르르 돌아다닌다고, 두 눈으로 본 듯이 이야기하기도 했다. 음식을 나눠먹고 서로 품앗이로 일을 해주며 가깝게 오가던 이웃 사람들은 그 집에 얼씬도 하지 않았고 그 집 앞을 피해 굳이 먼길을 택해 돌아 다녔다. 동네에서 쫓아내거나 흉가라고 집을 불태워버리지 않은 것만도 고마워해야 할 지경이었다.

구렁아 구렁아 혓바닥을 내놓아라.
구렁아 구렁아 네 허물을 내놓아라.
내놓지 않으면 토막토막 잘라서 구워먹어버리겠다.

동네 아이들은 우르르 몰려와 집에 돌팔매질을 하고는 잽싸게 달아났다.

사람들의 왕래가 끊긴 집은 점점 외톨이로 적막해졌다.

이 모든 일이 구렁이 때문이었으나 형들은 아무리 뱀일지라도 한 뱃속에서 나온 불쌍한 형제라 여겨 잘 보살폈다. 이런 사정을 아는지 모르는지 구렁이는 무럭무럭 자랐다. 삼 년이 되자 젖을 떼게 되었다. 밤이면 식구들 몰래 집을 빠져나가 쥐나 개구리, 작은 들짐승 들을 잡아먹었다.

어느 날 새벽, 밥을 지으러 부엌으로 가던 어머니는 입가에 닭털을 묻히고 돌아오는 구렁이를 보았다. 불

룩해진 구렁이의 가슴은 방금 삼킨 먹이의 몸부림으로 꿈틀꿈틀 요동치고 있었다. 자세히 보니 구렁이의 얼굴도 할퀴고 쪼인 상처로 피투성이였다. 필시 동네 어느 집의 닭을 잡아먹었음에 틀림없었다.

어머니는 구렁이를 불러앉히고 조용히 말했다.

"네가 이제 고기맛을 들였으니 목숨 가진 것들이 네 앞에서 무사하지 못할 것이다. 사람과 뱀의 사는 길이 서로 다르니 이제 이 집을 떠나거라. 그것만이 너도 살고 우리도 사는 길이다. 언젠가는 허물을 벗고 사람이 되어 돌아오거라."

구렁이는 고개를 끄덕끄덕하며 눈물을 주르르 흘렸다. 어머니가 정성껏 차려준 음식들을 다 먹은 후 집을 나가 뒷산으로 사라졌다.

그 후로 다시는 구렁이를 볼 수 없었다.

세월이 많이 흘러 마을 사람들은 구렁이를 잊었다. 그리고 형제들까지도 구렁이 이야기를 더이상 하지 않게 되었지만 어머니는 궂은 날에도 맑은 날에도, 추운 날에도 더운 날에도 늘 집 나간 구렁이 아들이 사라진 산 쪽을 바라보며 눈물지었다.

"얘야, 내 아들아, 불쌍한 구렁이 아들아. 어디서 무얼 하고 있느냐, 살아는 있는 것이냐."

아무도 들을 수 없는 혼잣말로 웅얼거리며 구렁이 아들을 그리워하던 어머니는 병을 얻어 시름시름 앓다가 어느 추운 겨울날 세상을 떠났다. 그런데 어떻게 알았는지 그날 밤, 갑자기 한줄기 서늘한 바람과 함께 문이 열리며 구렁이 아들이 스륵스륵 방안으로 기어들어오는 것이었다. 형들이 깜짝 놀라며 동생을 맞았다.

"어디 갔다 이제 오느냐. 어머니가 널 생각하시며 눈도 못 감고 돌아가셨다."

구렁이는 어머니의 시신을 온몸으로 휘감고 그응그응 울었다.

"아무리 울어본들 어머니가 살아오시겠느냐. 돌아가신 몸이라도 편히 쉬실 좋은 묏자리나 하나 잡아다오."

형들의 말에 구렁이는 고개를 끄덕끄덕하였다. 형들을 이끌고 앞장서 산으로 갔다. 구렁이가 멈춘 곳은 산속 깊은 골이었다. 아직 한겨울이라 사방이 눈천지인데 어쩐 일로 그곳만은 보송보송 마른땅이었다. 달꽃 삼꽃까지 발갛게 피어 있었다.

장례를 치른 뒤 구렁이는 다시 산으로 갔다. 세월이 흘렀다. 묏자리를 잘 쓴 덕인지 살림이 먹고살 만하게 나아지고 삼형제는 장가를 들어 각기 가정을 이루었다.

어느 날 구렁이가 찾아왔다. 못 알아보리만치 몸통이 길고 굵어진 구렁이가 형들에게 말했다.

"형님, 나 장가보내주오. 나도 형님들처럼 예쁜 색시 얻어 아들딸 낳고 잘살고 싶소."

형들은 난처했다. 예쁜 암구렁이를 만나 혼인을 하겠다면 모를까, 사람 처녀를 아내로 맞겠다니!

"네 마음은 잘 알겠다만 누가 구렁이에게 시집오려 하겠느냐?"

형들이 알아듣게 타일렀지만 구렁이는 막무가내였다. 안방에 또아리를 틀고 앉아 버티며 졸라대었다.

산 너머 마을에 시집갈 나이에 이른 딸 세 자매를 둔 집이 있다는 소문을 들은 큰형은 하는 수 없이 그 집을 찾아갔다. 그러나 차마 구렁이 동생의 색시감을 구하노라는 말을 꺼낼 수 없었다. 그 집은 늙은 주인 영감 외에는 남자가 없어서 집 안팎의 망가지고 허물어진 곳을 고칠 일손이 없었다. 형은 용건은 제쳐둔 채 나무를 한 짐 해다 쌓아주고 허물어진 울타리와 삽짝문을 고쳐주고 지붕의 이엉을 갈아주는 등 청하지도 않은 일을 해주면서 지나가는 나그네인 양 며칠을 묵었다. 필시 무슨 청이 있어 찾아온 사람이거니 짐작한 주인 영감이 물었다.

"내게 뭐 부탁할 일이 있는 것 같은데 말해보오."

딸을 구렁이에게 시집보내라고 하다니 자칫 도리깨로 두들겨 맞고 쫓겨날 일이었으나 에잇, 죽기 아니면 까무러치기지, 하고 형은 찾아온 사정을 실토했다. 듣고 난 주인 영감은 허허 웃었다. 단박 호통을 쳐서 내쫓을 일이거늘, 허나 오죽 답답하고 말문을 열기 어려웠으면 여러 날 품삯 없는 머슴 노릇을 하면서 뜸을 들였으랴 싶어 딱한 마음이 들었던 것이다. 가당찮기 짝이 없는 일이었지만 그래도 딸들을 불러 뜻을 물어본 것은 순전히 우스갯짓이고, 여러 날 소득 없이 일해준 낯선 손에 대한 인사치레였다.

"너희들 중 누가 구렁이에게 시집을 가겠느냐?"

큰딸과 둘째딸은 예상했던 대로 질겁을 하며 펄쩍 뛰었다. 깜박 까무러치는 시늉까지 했다.

"아버지. 아무리 놀리는 말씀이시라도 소름이 끼칩니다. 징그럽고 무서운 구렁이에게 시집을 가라니요."

그런데 어쩐 일로 셋째딸이 구렁이에게 시집을 가겠노라고 하는 게 아닌가.

"네가 미쳤구나. 구렁이와 혼사를 맺은 집 딸을 누가 데려가겠니? 너 때문에 우린 시집도 못 가게 생겼다. 제발 마음을 돌려라."

두 언니를 비롯해 가족들이 만류했으나 셋째딸은 마음을 바꾸지 않았다. 구렁이로 태어났기 때문에 가족을 떠나 홀로 산속에서 살아야 했던 슬픔과 외로움이 한없이 불쌍했던 것이다. 제아무리 구렁이의 형상을 하고 있다고는 하나 사람의 몸에서 태어났으니 사람의 마음을 갖고 있을 것이었다.

"어떻게 시집을 가든 다 제 복대로 사는 법이다. 비록 구렁이 남편일지라도 네가 마음과 정성을 다하면 하늘이 좋은 날을 주실 것이다."

자신의 경솔한 언행 탓에 벌어진 일인지라 주인 영감은 이렇게 말할 수밖에 없었지만 그만 제 발등을 찍고 싶은 심정이었다.

날을 받아 잔치를 치르게 되었다. 하도 해괴한 일인지라 혼례는 마치 도둑질하듯 남의 눈을 피해 한밤중에 이루어졌다. 신부는 원삼족두리에 연지곤지 찍고 초례청에 섰다. 사모관대를 갖춘 구렁이는 꼬리만을 땅에 붙인 채 꼿꼿이 몸을 세워 의젓하게 색시와 맞절을 하였다.

신방에 들어가자 구렁이 신랑이 신부에게 물었다.

"이 집에 꿀단지가 있나요?"

"잔치집에 뭐가 없을라구요? 부엌 찬장 속에 있어요."

"밀가루 단지가 있나요?"

"잔치음식에 쓰고 남은 밀가루를 담아놓은 단지가 찬장 밑에 있을 거예요."

"구정물 단지가 있나요?"

"잔치 그릇 설거지한 물을 돼지 뜨물통에 부어주려고 남겨두었어요."

그러자 구렁이 신랑은 신부를 남겨둔 채 슬그머니 밖으로 나갔다. 부엌으로 들어가 꿀단지의 꿀을 온몸에 발랐다. 끈적이는 몸으로 밀가루 단지 속에 들어가 온몸에 밀가루를 묻힌 후 구정물 통에 몸을 담갔다. 그러자 꼬리 쪽에서부터 뱀 허물이 벗겨지며 튼튼한 두 다리와 두 팔이 생겨나고 넓게 퍼진 어깨 위로 관옥같이 환하고 잘생긴 얼굴이 생겨났다.

그는 얼룩덜룩한 허물을 들고 다시 신방으로 돌아왔다. 헌헌장부 미남이 된 구렁이 신랑을 보고 놀라 혼이 나간 신부에게 천연덕스럽게 말했다.

"내가 허물을 벗어서 이렇게 되었다오."

두 사람은 서로 아끼고 사랑하며 잘살았다. 신랑은 낮에는 부지런히 들일 밭일을 하고 밤이면 등잔불 아래서 열심히 글을 읽었다.

어느 날 신랑이 아내에게 말했다.

"이제 과거를 보러 떠나려 하오. 내가 돌아올 때까지 부디 뱀 허물을 잘 간직하고 있으시오. 딱히 언제 돌아온다는 기약을 할 수는 없지만 저기 서 있는 미루나무가 집 쪽으로 다가오는 듯이 보이면 내가 집으로 오고 있는 것이고 멀어지면 내가 오던 발길을 돌려 다시 떠나는 것으로 아시오."

신랑이 떠나고 여러 달이 지났다. 별 좋고 바람 좋은 날, 아내는 장롱 속에 깊이 간직해둔 뱀 허물을 꺼내 마당의 빨랫줄에 내걸었다. 뱀 허물이 눅눅해져 곰팡이라도 슬까봐 햇볕과 바람을 쐬어주려는 것이었다. 마침 놀러 온 언니들이 빨랫줄에 널린 뱀 허물을 보고 질겁을 했다.

"이따위 징그럽고 흉측한 것을 내다버리지 않고 왜 집안에 두고 있느냐?"

"아니에요. 언니. 남편이 과거를 보러 가면서 그것을 잘 보관하라고 신신당부했어요."

"아니다. 그대로 두면 어느 날 또 이걸 뒤집어쓰고 구렁이가 될지도 몰라."

아내가 부엌에서 점심 준비를 하는 동안 언니들은 동생 몰래 그 허물을 걷어내어 마당에서 태워버렸다.

무심결에 부엌창 밖을 흘깃 내다보던 아내는 저만치 동구 밖 미루나무가 이켠으로 오는 듯하다가 멀어지는 것을 보았다. 점점 작아지다가 아주 시야에서 사라져버렸다. 이상한 느낌과 함께 퍼뜩 남편이 남기고 간 알쏭달쏭한 말이 떠올랐다. 게다가 마당 쪽에서 수상한 누린내가 풍겨오고 있는 게 아닌가. 사색이 된 아내는 한달음에 마당으로 뛰어나왔지만 허물은 이미 기세 좋은

불길 속에서 형체 없이 스러지고 있었다. 아내는 한줌의 재로 변해버린 허물을 움켜쥐며 대성통곡을 하였다.

신랑은 돌아오지 않았다. 달이 가고 해가 가도록 소식 한 자 없었다.

아내는 마침내 남편을 찾아나섰다. 천리만리 아무리 험한 길이어도 기어코 찾아내어 잘못을 빌리라 했다. 산, 산, 산, 산을 넘고 강, 강, 강, 강을 건넜다. 해가 뜨고 해가 지고 꽃이 피고 꽃이 지고 푸르른 나뭇잎 낙엽 되어 떨어지고 모진 눈보라가 휘몰아치기를 몇 번, 머리칼은 헝클어져 수세미가 되고 옷은 누더기가 되었다. 산길 들길 가시덤불과 자갈밭을 헤매고 다닌 발은 짓물러터졌다.

이렇게 헤매고 다니던 어느 날 아내는 양지바른 무덤가에서 잠시 다리쉼을 하다가 깜박 잠이 들었다. 꿈속에 흰 강아지를 안고 있는 백발노인이 나타났다.

"얼마나 고생이 심하냐. 네 정성이 갸륵하구나. 내가 이 강아지를 네게 줄 테니 이 강아지가 가는 대로 따라가면 남편을 만날 수 있을 것이다."

꿈에서 깨어보니 이게 웬일인가. 꿈속에서 건네받은

흰 강아지가 꼬리를 치며 빤히 바라보고 있는 것이 아닌가. 강아지는 따라오라는 듯 자꾸 뒤돌아보며 앞장서 걸었다. 아내는 강아지를 따라 하염없이 걸었다. 산길을 벗어나 인적 없이 잡초만 우거진 황량한 들판을 종일 걸어 해가 뉘엿뉘엿 질 무렵 큰 못가에 다다랐다. 바다처럼 넓은 못에는 조각배 하나 보이지 않았다. 이 물을 어찌 건널꼬. 아내의 입속 탄식이 채 끝나기도 전 강아지가 물속으로 풍덩 뛰어들었다. 저 강아지만 따라가면 된다고 했거늘! 아내는 용기를 내어 물속으로 뛰어들었다. 아, 이게 어찌된 일일까. 분명 물속으로 뛰어들었는데 발이 닿은 곳은 보송보송하게 마른땅이 아닌가? 둘러보니 줄곧 앞장서 인도하던 강아지는 간 곳없고 자신은 번듯한 기와집 마당에 서 있는 것이었다. 사랑채와 행랑채까지 갖춘 제법 큰 집인 듯한데 이상하게도 사람의 기척이 없이 괴괴했다.

어찌할 바를 몰라 우두망찰하고 있던 아내는 날이 저물자 높직한 사랑채 마루 밑으로 들어갔다. 그곳에서 하룻밤 이슬을 피해볼 요량이었다. 오지 않는 잠을 청하며 몸을 뒤척이는데 전혀 사람의 기척이 없던 방

안에서 글 읽는 남자의 목소리가 낭랑하게 새어나왔다. 덜컥 겁이 났지만 곧 마음을 진정시켰다.

"글 읽는 점잖은 선비가 설마 아녀자를 해치기야 하겠는가."

마룻장 틈새로 환한 달빛이 스며들었다. 달은 밝은데 이처럼 밤마다 글을 읽던 남편 생각에 눈물이 주르르 흐르며 절로 장탄식이 나왔다.

"그리운 내 낭군은 어디서 저 달을 보고 계신고."

마침 글을 읽다가 오줌을 누러 나온 남자가 마루 밑에서 바스럭대는 기척을 들었다. 아마 작은 들짐승이 숨어들어와 있나보다 생각하며 오줌을 누고 들어가 글 읽기를 계속했다. 아내 역시 이런저런 생각에 밤새 잠을 이룰 수 없었다. 결혼 첫날밤 허물을 벗고 헌헌장부의 모습으로 나타났던 남편의 모습, 깨가 쏟아지게 아기자기하고 행복했던 날들, 그리고 마침내 뱀 허물을 태워버려 남편을 잃게 되었던 일 등 갖가지 이야기들로 가슴이 터질 것만 같아 밤새도록 듣는 이도 없는 혼잣말로 웅얼거렸다.

밤새 글 읽던 남자는 새벽 무렵 또 오줌을 누러 나왔

다. 마루 밑에서는 여전히 뒤척이는 소리와 함께 한숨 소리, 낮게 웅얼대는 소리가 들려왔다. 가만히 귀기울이니 분명 사람, 그것도 여자의 목소리였다.

"거기, 마루 밑에 뉘시요?"

"남편을 찾아 불원천리 온 세상을 헤매고 다니는 불쌍한 여자입니다."

"이리 나와보시오. 듣자 하니 남모를 사연이 있는 듯한데 나와서 말씀해보시오."

"집을 나와 하도 오래 떠돌아다녀 선비님의 앞에 나설 몰골이 아닙니다. 날이 밝는 대로 떠날 터이니 잠시 거기 마루에 앉아 제 이야기나 들어주십시오."

아내는 마루 밑에 숨은 채 자기가 이곳에까지 이르게 된 연유를 낱낱이 이야기했다. 물에 빠진 사람 지푸라기라도 잡는 심정으로, 행여 남편의 소식을 들을까 싶어서였다. 새벽빛이 가시고, 해가 떠올랐다. 아내의 이야기는 끊이지 않고 이어졌다. 긴 한숨으로 이야기를 끝내자 남자가 마룻장 밑으로 손을 내뻗으며 말했다.

"이리 나오시오. 나를 보시오."

마룻장 밑에서 기어나온 아내는 자기의 눈을 믿을

수 없었다. 환한 아침빛을 받고 서 있는 남자는 꿈에도 그리던 남편이 아닌가.

"이젠 되었소. 내가 이제야 완전한 사람이 되었소. 뱀 허물을 태워버렸기에 사람 세상에 돌아가지 못하고 이곳 물속 세상에 있게 되었던 거요. 이렇게 당신이 찾아오기를 오랫동안 기다렸소. 이제 당신의 손을 잡고 사람 세상으로 갈 수 있게 되었다오."

앵두야, 앵두같이 예쁜 내 딸아

접동
접동
아우래비 접동

진두강 가람가에 살던 누나는
진두강 앒마을에
와서 웁니다.

옛날 우리나라
먼 뒤쪽의
진두강 가람가에 살던 누나는
의붓어미 시샘에 죽었습니다.

누나라고 불러보랴
오오 불설워
시새움에 몸이 죽은 우리 누나는
죽어서 접동새가 되었습니다.

아홉이나 남아 되던 오랍동생을
죽어서도 못 잊어 차마 못 잊어
야삼경 남 다 자는 밤이 깊으면
이 산 저 산 옮아가며 슬피 웁니다.

김소월의 「접동새」

어느 산골 마을에 아홉 명의 아들과 한 명의 딸을 둔 사람이 있었다. 아들만 아홉 명 낳은 끝에 뒤늦게 고명딸을 본 부부는 물론 오빠들도 여동생을 끔찍이 귀여워했다. 산에 약초를 캐거나 나무를 하러 가면 막내 여동생을 생각하며 산딸기나 으름, 개암, 다래 따위 열매를 꼭 주머니에 넣어가지고 왔다. 저녁이면 그 많은 가족들이 둘러앉아 막내딸의 재롱을 보느라 하하호호 웃음이 그치지 않았다. 예쁘기가 꼭 맑은 물에 똑 떨어진 새빨간 앵두 같아 어머니는 딸의 이름을 '앵두'라고 불렀다.

딸은 심성이 곱고 바지런했다. 열 살이 되기도 전에 어머니를 도와 집안일을 곧잘 거들었다. 딸이 열다섯 살이 되었을 때 어머니는 병을 얻어 세상을 떠났다.

어머니 대신 딸이 살림을 하게 되었다. 아버지와 아홉 명 오빠들의 밥을 짓고 빨래를 하고 옷을 지었다. 어머니가 살아 있을 때와 다름없이 집안은 말끔하고 식구들의 입성은 깨끗했다. 이웃에서는 칭찬이 자자했지만 딸은 늘 돌아가신 어머니가 그리웠다. 부엌에 들어가면 꼭 어머니가 있는 것만 같았다. 그래서 마치 어머니와 대화를 나누듯 혼잣말을 했다.

그날도 그랬다. 밥을 지으러 부엌으로 나와 혼잣말을 했다.

"어머니, 오늘은 감자밥을 지을까요, 옥수수밥을 지을까요?"

그러자 부뚜막 뒤쪽에서 커다란 쥐가 한 마리 조르르 나와 딸을 빤히 바라보더니 감자가 든 이남박을 툭툭 건드리는 것이었다. 딸은 왠지 돌아가신 어머니가 쥐로 환생하여 자기 앞에 나타난 것만 같았다. 그래서 이남박 안의 감자를 깎아 밥을 지으며 쥐를 상대로 이런저런 이야기를 나누었다. 그 후로 쥐는 딸이 부엌에 들어오는 기척만 나면 용케 알고 부뚜막 뒤에서 조르르 달려나왔다. 딸은 끼니때마다 설거지통에서 건진 밥찌꺼기를 쥐에게 먹였다.

세월이 흘러 딸은 열일곱 살 피어나는 처녀로 자랐다. 얌전하고 살림 솜씨 여물고 심성이 착하다고 소문난 딸에게는 여러 곳에서 중매가 들어왔다.

그럴 즈음 아버지는 새 아내를 얻었다. 딸을 시집보낸 뒤 살림을 맡아 할 사람이 필요했던 것이다. 그러나 새 아내는 집안 살림하는 것을 별로 좋아하지 않았다. 집안일은 여전히 딸의 몫이었다.

어느 날 목이 말라 새벽잠에서 깬 의붓어미는 물 한 사발 마시려고 부엌으로 가다가 안에서부터 들려오는 말소리를 들었다.

"애가 밥은 안 짓고 신새벽부터 누구랑 수다를 떠는 거야?"

의붓어미는 가만히 안을 엿보았다. 그런데 이게 웬일인가? 딸이 몸집이 커다랗고 온몸에 윤기가 자르르 흐르는 쥐와 이야기를 하고 있는 것이 아닌가.

"에그머니, 요망스러워라. 쥐하고 이야길 하다니, 귀신에 씌었나? 저년도 혹시 쥐가 둔갑한 게 아닐까?"

게다가 그 아까운 설거지통 속의 밥풀까지 먹이다니. 돼지 먹일 구정물도 부족한 판국에! 무섭고 싫으면서도 호기심을 참을 수 없었던 의붓어미는 딸이 부엌에만 들어가면 몰래 부엌을 엿보게 되었다. 발소리도 내지 않았는데 의붓어미가 문구멍에 눈을 댈라치면 쥐는 용케 알고 재빨리 달아나버려 현장을 잡을 수가 없었다.

앵두를 며느릿감으로 눈여겨보던 이웃 마을 최부자 집에서 매파를 보냈다. 혼담이 무르익어가자 오빠들은 장삿길을 떠났다. 산을 몇 개나 넘고 강을 몇 개나 건너야 하는 먼길, 서울로 떠났다. 짐승의 가죽과 귀한 약재 들을 팔아 동생을 시집보내는 데 필요한 물건들을 사오려는 것이었다.

의붓어미는 딸이 자는 방문과 들창에 거적을 쳤다. 창호지문을 가려놓으니 해가 높이 떠올라도 방안은 깜깜밤중이었다. 늘 집안일을 도맡아 하느라 몸이 고단했던 딸은 한밤중인 줄 알고 깊은 잠에서 깨어나지 않았다. 대신 의붓어미가 부엌으로 나왔다. 쥐는 딸이 나왔는가 싶어 구멍에서 조르르 나왔다. 의붓어미는 설설 끓고 있는 뜨거운 물을 한 바가지 퍼서 쥐에게 끼얹었다. 쥐는 찍 소리도 못하고 그 자리에서 죽어버렸다.

의붓어미는 죽은 쥐의 대가리와 꼬리를 자르고 껍질을 홀랑 벗겨 붉은 살덩어리로 만들었다. 정신없이 자고 있는 딸의 방에 들어가 그것을 이불 속에 집어넣었다. 그런 다음 방문과 들창문에 쳤던 거적을 떼어내고 딸이 덮고 있는 이불을 확 젖히며 호통을 쳤다.

"해가 똥구멍에 닿을 때까지 잠만 잘 셈이냐. 에그머니 이게 뭐냐."

이불 틈에서 툭 떨어지는, 자신이 조금 전에 넣어두었던 죽은 쥐를 가리키며 놀라 자빠지는 시늉을 하였다. 해가 이렇게 높이 솟도록 아침밥도 안 짓고 늦잠을 잔 것만이 송구스러웠던 딸은 영문을 몰라 어리둥절했다.

"이거 보시오. 내 아무래도 앵두란 년 하는 짓이 수상쩍더라니……. 이 일을 어쩝니까? 바람이 나서 밤마다 몰래 동네 총각들을 만나고 다니더니 이렇게 애비

모를 자식을 유산했어요. 딸년 행실이 이렇게 난잡하니 우린 이제 얼굴 들고 살 수가 없어요. 사돈될 사람들이 알면 어쩌지요?"

의붓어미는 그 쥐를 아버지에게 보이며 거짓말로 일러바쳤다. 의붓어미의 말에 격분한 아버지는 앞뒤 생각할 겨를도 없이, 딸의 말을 들어볼 겨를도 없이 다짜고짜 딸의 머리채를 잡아 끌어내어 말에 태웠다.

"아버지, 맹세코 저는 모르는 일이에요. 억울합니다."

"이렇게 증거가 있는데 무슨 변명을 하려느냐. 너같이 행실이 더러운 년은 죽어야 한다." 딸이 울며 애원했으나 아버지는 들을 생각도 하지 않았다. 믿었던 딸에 대한 배신감과 분노로 제정신이 아니었다.

"저 큰 고개를 셋 넘어가면 커다란 연못이 있어요. 명주실 한 꾸리가 모자랄 정도로 물도 깊고 사람 발길이 전혀 닿지 않는 곳이니 거기라면 남의 눈에 띄지 않을 거예요."

의붓어미는 말고삐를 쥔 아버지에게 살짝 귀띔을 했다.

아버지는 딸을 데리고 첫번째 고개를 넘었다. 산배

나무가 탐스러운 열매를 주렁주렁 달고 있었다. 이젠 정말 억울한 죽음을 당할 수밖에 없구나 하는 두려움으로 속이 타고 입안이 바짝바짝 마르는 딸은 그 달고 시원한 배가 몹시 먹고 싶었다.

"아버지, 저 배 하나만 먹었으면……."

아버지는 딸을 쳐다보지도 않고 매몰차게 대꾸했다.

"죽으러 가는 년이 그건 먹어서 뭘 해."

갈증을 참지 못한 딸이 말잔등에서 몸을 일으켜세워 배를 한 알 따려고 헛손질을 하다가 그만 고무신 한 짝이 벗겨졌다.

"아버지, 고무신이 벗겨졌어요."

"곧 죽을 년이 고무신은 신어서 뭘 해."

두번째 고개를 넘을 때 새빨갛게 농익은 열매를 다닥다닥 달고 있는 앵두나무를 보았다. 그것을 보니 언제나 '앵두야, 앵두같이 예쁜 내 딸아' 하고 부르던 죽은 어머니 생각에 또다시 눈물이 흘렀다.

"아버지, 저 앵두, 꼭 한 알만 먹었으면……."

"죽으러 가는 년이 그건 먹어서 뭘 해."

아버지는 딸을 쳐다보지도 않고 침을 퉤 뱉으며 말

고삐를 거칠게 잡아당겼다.

세번째 고개를 넘을 때 딸은 우거진 수풀 사이로 잘 익은 열매를 달고 있는 으름덩굴을 보았다. 그것을 보자 산에서 내려올 때마다 으름을 따다주던 오빠들이 생각났다. 자신을 그렇게 예뻐하고 아끼는 오빠들은 여동생이 이처럼 억울한 모함으로 쥐도 새도 모르게 죽게 된 것을 꿈에도 모를 것이다. 오빠들을 생각하자 걷잡을 수 없이 눈물이 흘렀다.

"아버지, 저 으름 한 개만 먹었으면……."

"죽으러 가는 년이 그건 먹어서 뭘 해."

아버지는 채찍으로 말 엉덩이를 내리치며 갈 길을 재촉했다.

"아버지, 돌아가시는 길에 배나무가 죽었으면, 앵두가 다 떨어졌으면, 으름덩굴이 시들었으면 내가 죄 없이 억울하게 죽은 것으로 아세요."

"쓸데없는 소리 마라. 네 죄는 하늘이 알고 땅이 알고 네가 알고 내가 안다."

고개를 셋 넘어가니 정말 의붓어미가 일러준 대로 커다란 연못이 나타났다.

"너는 나쁜 짓을 했으니 이 물에 들어가야 한다."

곧 집어삼킬 듯 넘실대는 시퍼런 물이 무서워 딸은 치마를 뒤집어쓰고 연못으로 뛰어들었다. 죽일 작정으로 이곳까지 끌고 오긴 했지만 아버지는 차마 딸이 죽는 꼴을 지켜볼 수 없었다. 돌아서서 기막힌 심정으로 멍하니 먼산만 바라보았다. '풍덩' 몸을 던지는 소리가 들려오자 자신도 모르게 눈을 질끈 감고 몸을 부르르 떨었다. 허우적허우적 어수선한 물소리도 곧 잦아들고 곧이어 세상이 멈춰버린 듯한 정적이 찾아왔다. 뒤를 돌아보니 딸의 모습은 이미 보이지 않는데 마악 물속으로 잠겨드는 치맛자락 한끝에서 새가 한 마리 날아오르는 게 아닌가.

"접동 접동, 아홉 오라범 접동, 아홉 오라범 접동."

한 번도 들어본 적이 없는 이상한 새의 울음소리였다. 그 새의 입안이 핏덩이라도 토해내듯 새빨갰다. 그 새는 아버지의 머리 위를 빙빙 돌며 애처롭게 울부짖다가 어디론가 날아가버렸다. 아버지는 딸이 마땅히 죽어야 할 죄를 지은 거라고, 그 벌을 받은 거라고 생각하면서도 왠지 두렵고 무서워 가슴이 떨렸다. 딸을 태우고 갔던 말에 몸을 싣고 반쯤 넋이 나가 고갯길을 되짚어 오는데 조금 전까지 싱싱하게 뻗어 있던 으름 덩굴이 누렇게 시들어버린 것을 보았다. 다음 고갯길에서는 앵두나무가 다닥다닥 달고 있던 새빨간 앵두를 다 떨구어버린 것을 보았다. 다음 고개에서는 산배나무의 그 탐스런 열매가 다 썩어 땅에 뒹굴고 나무는 시커먼 고목이 되어버린 것을 보았다.

"아아, 내가 대체 무슨 짓을 했는가. 죄 없는 딸을 죽인 몹쓸 아비가 되었구나."

아버지는 산배나무 아래 떨어져 있는 딸의 고무신 한 짝을 주워들고는 가슴을 쥐어뜯으며 울음을 터뜨렸다.

한편 그 무렵 아홉 명의 오빠들은 동생의 혼수품으로 장만한 아홉 개의 짐을 지고 집으로 돌아오고 있었다. 여러 날 객지로 떠돌았던 터라 몹시 지치고 피곤하였지만 값진 비단과 품목을 갖춘 혼수 물건들을 보고 기뻐할 동생의 얼굴을 떠올리며 걸음을 재촉하였다.

집이 저만치 보이는 동네 어귀에 이르렀을 때 난데없이 웬 새 한 마리가 나타나 그들의 머리 위로 빙빙 돌며 '접동 접동, 아홉 오라범 접동, 아홉 오라범 접동'

하고 슬피 울더니 날아갔다. 피를 가득 머금은 듯 입안이 온통 새빨간 이상한 새였다.

집에 돌아오니 동생이 없었다. 의붓어미만이 먼길에서 돌아온 그들을 맞았다.

“앵두는 어디 있어요? 샘에 물 길으러 갔나요?”

“아랫동네 동무네 집에 놀러간다고 나갔구먼.”

“시집갈 처녀가 집에 얌전히 앉아 바느질이나 할 것이지 어딜 돌아다닌담.”

큰오빠는 못마땅한 듯 투덜대고는 막내에게, 아랫마을에 가서 앵두를 찾아오라고 일렀다. 동생에게 한시라도 빨리 선물을 보여주고 싶었던 것이다. 막내아들이 여동생을 찾아나서려 하자 당황한 의붓어미는 큰오빠에게 심히 슬픈 낯을 지으며 그간의 사정 이야기를 털어놓았다.

“……그 얌전한 앵두가 그런 나쁜 짓을 할 줄 누가 알았나. 아버지께서 아시고 노발대발하시면서 죽이겠다고 저 고개 너머 연못으로 끌고 가셨어. 내가 아무리 대신 빌고 용서를 청해도 소용없더라구, 하긴 곧 시집갈 처녀가 그런 짓을 저질렀으니 살아날 도리가 있겠어?

에그, 불쌍한 앵두!"

"그럼 앵두가 낳은 아기는 어떻게 했소?"

"저기에 파묻어버렸지."

찔끔찔끔 눈물 짜는 시늉까지 하던 의붓어미가 밭두렁을 가리켰다.

"그걸 파오시오."

죽은 쥐를 태워버리지 않고 증거물로 남겨둔 것이 천만다행이라고, 자신의 선견지명에 흐뭇해하며 의붓어미는 얼른 그것을 파왔다. 큰오빠가 붉은 살덩이의 배를 가르자 새까만 쥐똥이 와르르 쏟아졌다. 큰오빠가 찌를 듯이 날카로운 눈길로 쏘아보자 의붓어미의 얼굴이 하얗게 질렸다.

오빠들은 아무 말 없이 그길로 산에 올라갔다. 그동안 의붓어미는 오빠들이 마련해온 혼숫감을 펼쳐보며 희희낙락했다. 예쁜 갓신을 신고 강중강중 뛰어보기도 했다. 이런 산골에서는 구경하기도 어려운 값진 비단 필을 좌악 펼쳤다.

"그 죽은 년 덕분에 내가 호강하겠구나. 요걸로는 아홉 폭 치마 짓고 요걸로는 삼회장 저고리 짓고 요걸로

는 단속곳, 요걸로는 속속곳, 요걸로는 비단금침……. 아이구 좋아라."

산에 가서 아홉 짐의 나무를 해온 오빠들은 이 꼴을 보고 기가 막혔다. 의붓어미는 할끔할끔 아들들의 눈치를 보며 말했다.

"기왕 애써 마련해온 것이니, 요걸로는 큰아들 바지저고리 해주고, 요걸로는 둘째아들 마고자 해주고 요걸로는 셋째아들 두루마기 해주고……."

오빠들은 나뭇짐을 마당 가운데 쌓아놓고 불을 지폈다. 불이 타오르자 그 위에 동생의 혼수 물건들을 얹었다. 비단필도 예쁜 갓신도 목화솜도 훨훨 탔다. 기세 좋은 불길 속에 다 타버렸다.

"에그, 저 아까운 것, 에그 저 고운 것, 에그 저 예쁜 것들. 주머니감이나 내게 주지. 옷고름감이나 남겨주지."

의붓어미는 아까워 애고대고 어쩔 줄 몰랐다. 오빠들의 눈치를 보며 불가로 빙빙 돌았다.

큰오빠가 그러는 의붓어미를 불길 속으로 확 밀어넣었다.

"앗, 뜨거워라. 앗, 뜨거워라."

의붓어미는 불속에서 펄쩍펄쩍 뛰다가 죽어버렸다. 새카만 숯덩이가 되어 휙 날아올랐다. 까마귀가 되어 까악까악 울부짖으며 날아갔다.

억울하게 죽어 접동새가 된 여동생은 해질녘이면 아홉 명의 오빠들이 살고 있는 집의 울밖 나무에 날아와 앉아 '접동 접동, 아홉 오라범 접동, 아홉오라범 접동' 하며 울었다. 밤새 피 토하듯 울고는 새벽닭이 울면 날아갔다.

용화산

강원도 화천군 상서면 마현리에 사는 한 젊은이가 과거를 보기 위해 괴나리 봇짐을 지고 집을 떠났다. 한양까지 가려면 화천읍 냉경지 나루를 건너 용암리와 삼화리 마을을 지나 용화산을 넘어야 했다. 용화산은 경치 좋기로 유명하였지만 그만큼 험하기도 한 곳이었다. 한낮이 조금 지나 용화산에 당도한 젊은이는 까마득히 버티고 있는 산을 보고 숨이 턱 막혔지만 내친걸음에 산을 넘기로 하였다. 과거 날짜에 맞춰 한양에 당도하기까지의 시간이 빠듯하여 마음이 급한 탓도 있었다. 또한 열이틀 지난 달빛에 의지해 그럭저럭 밤길을 갈 수 있으리라는 요량도 섰던 것이다.

“이 시각에 산을 오르다니. 산에서는 날이 쉬이 저문다오. 곧 어두워질 텐데 도로 내려갔다가 내일 날 밝는 대로 산을 넘는 게 좋을 거요.”

산에서 내려오던 나무꾼이 걱정스레 만류했으나 젊은이는 귀담아듣지 않고 부지런히 산을 올랐다.

나무꾼의 말대로, 겨우 산중턱에 이르렀을 때 서산마루에 아슬아슬 걸리던 해가 꼴깍 넘어갔다. 날이 저물고 어두워졌다. 나뭇가지 울창하고 수풀 우거진 산속에서는 달빛도 길잡이가 되지 못했다. 바위 밑이나 굴속을 찾아들어가 밤을 지내야 할 판이었다. 어물어물하다가는 호랑이 따위 사나운 산짐승의 밥이 되기 십상이렷다.

눈에 잔뜩 힘을 주고 두릿두릿 살펴보니 저 멀리 지붕 모양의 아주 큰 바위가 어둠 속에 시커먼 형체로 서 있는 것이 보였다. 저렇게 큰 바위이니 어딘가 이 한몸 숨길 틈은 있겠지 하고 그곳을 향해 허둥지둥 걸어갔다. 그런데 가까이 가다보니 그곳에서 까물거리는 불빛이 보이는 것이었다. 도깨비불이냐, 사나운 산짐승의 눈빛이냐, 아니면 깊은 밤 산중에서 천지신명에게 치성을 드리고 있는 사람의 호롱불 빛이냐. 무릇 살려고 하는 자는 죽을 것이고 죽고자 하는 자는 살게 되리라고 했거늘! 불안하고 어지럽게 떠오르는 추측들을 떨어버리며 젊은이는 자신의 운을 하늘에 맡기고 용기를 내어 불빛을 향해 걸음을 떼어놓았다.

그런데 이게 어찌된 일인가. 가까이 다가가 보니 큰 바위라고 생각했던 것은 고래등 같은 기와집이었고 불빛은 그 집의 들창으로부터 새어나오는 것이었다. 젊은이는 이제까지의 두려움과 긴장이 풀려 그만 폭삭 주저앉을 것처럼 맥이 풀렸지만 점잖게 목청을 가다듬어 주인장을 찾았다.

"이리 오너라."

그러자 대문이 열리며 하얀 소복 차림의 젊은 여자가 나와 공손히 절하며 물었다.

"어디서 오신 손님이신데 이 밤중에 주인을 찾으십니까?"

"나는 한양으로 과거를 보러 가는 선비다. 길 가던 중에 날이 저물었으니 하룻밤 묵어갈 수 있겠느냐고 여쭈어라."

그 여자는 잠시 기다리라고 한 뒤 안으로 들어갔다가 나왔다.

"대단히 죄송하오나 우리 집에는 손님을 들일 방이 없으니 아랫마을에 내려가서 쉬도록 하시라는 분부이옵니다."

"어허, 무슨 인심이 이리도 고약하단 말이냐. 이 캄캄한 밤에 험한 산길을 내려가기도 어렵거니와 내 사정이 몹시 난처하니 행랑방 한구석이라도 내어주시면 고맙겠노라고 네 주인에게 여쭈어라."

그러나 그 젊은 여자는 대문 빗장을 잡고 서서 완강히 거절하였다.

"남녀가 유별한 세상입니다. 손님 사정도 딱하시오만 여자만 둘이 살고 있는 형편이어서 남자 손님을 집에 맞아들일 수 없습니다. 대단히 송구스럽지만 저희 사정을 헤아려주십시오."

"사정이 정히 그러하다면 헛간에서라도 좋으니 하룻밤 신세를 지고 가게 해달라고 여쭈어라. 내 날이 밝는 대로 떠나리라."

묵어가겠다느니, 안 된다느니 대문간에서 한바탕 싱갱이가 오가는데 가벼운 발소리와 함께 집안에서 웬 여자가 나왔다. 젊고 아리따운 그 여자 역시 흰옷 차림이었는데 쪽진머리를 한 것으로 보아 주인아씨인 것 같았다. 그 여자는 대문간에서 오가는 이야기를 다 듣고 있었던 듯 거두절미하고 말했다.

"이곳은 여자들만 사는 집으로, 남자 손님을 들인 적이 없습니다만 선비님의 사정이 매우 딱한 듯하니 행랑채에서라도 하룻밤 묵으시지요."

젊은이는 하녀의 안내로 행랑방에 들었다. 여장을 풀고 조금 있으니 주인아씨가 손수 밥상을 들고 들어와 공손히 절하며 음식을 권하였다. 지치고 허기진 젊은이는 달게 밥을 먹었다. 편히 자고 난 뒤 아침 일찍 길 떠날 채비를 하였다.

"덕분에 하룻밤 편히 쉬었습니다. 이 신세를 갚을 날이 오겠지요."

주인아씨는 깍듯이 인사를 차리고 봇짐을 둘러메는 젊은이에게 느닷없이 말했다.

"오늘은 일진이 나쁘니 하루를 더 묵고 떠나시는 것

이 어떠할는지요."

젊은이는 갈 길이 바빴지만 그 여자의 어조며 눈빛에서 왠지 거역할 수 없는 힘이 느껴졌다. 한편으로는 이 산중에 고래등 같은 집을 짓고 젊고 아리따운 여자 둘이 살아가는 사연이 여간만 궁금한 게 아니기도 했다.

다음날 아침 젊은이가 떠나려 하자 주인아씨가 또 만류했다.

"지금 가시면 위험하니 해질 무렵에 가시는 것이 좋을 듯합니다."

하는 수 없이 어둑어둑 땅거미가 질 무렵 그 집을 나설 때 주인아씨가 말했다.

"이곳에서 조금만 내려가면 계곡이 나오는데 그 계곡을 따라 계속 올라가시되 누가 부르는 소리가 들리더라도 절대로 돌아보지 말고 그대로 가십시오."

주인아씨가 일러준 대로 계곡을 따라 올라가는데 산을 넘기도 전 해가 꼴깍 넘어가버렸다. 캄캄한 밤 낯선 산길을 오르는 마음이 황망하기 그지없었다. 일찍 나설 것을 괜시리 그 여자의 말을 따른 것에 후회가 되고 원망하는 마음이 생기기도 했다. 나무뿌리에 걸려 넘어지기도 하고 가시나무 덤불에서 굴러 긁히면서 간신히 한 걸음씩 떼어놓는데 등뒤에서 '여보시오' 하고 부르는 소리가 들렸다. 얼결에 힐끗 돌아보니 환히 불 밝힌 등롱을 든 백발노인이 너댓 걸음 뒤에 서 있었다.

"어디로 가는 누구신데 어두운 밤길을 이리 분주하게 가십니까? 웬만하면 내 집에서 나하고 이야기나 하면서 하룻밤 묵어가시는 게 어떻겠습니까?"

그제야 젊은이는 누가 불러도 절대로 뒤를 돌아보지 말라던 주인아씨의 말이 퍼뜩 떠올랐다. 그러고 보니 이 밤의 산중에 홀연히 나타난 백발노인의 정체가 수상쩍기 짝이 없었다. 젊은이는 갈 길이 바쁘다는 구실로 사양하였으나 노인은 거의 애원조로 그를 잡아끌었다. 호랑이에게 물려가도 정신만 차리면 산다고 했거늘, 이런 늙은이가 내게 무슨 짓을 하랴. 불안을 누르며 노인을 따라갔다. 하긴 겁 없이 산을 넘다가 호랑이에게 물려가 쥐도 새도 모르게 잡아먹히고 머리통만 달랑 바위 꼭대기에 얹혀져 데굴데굴 구르는 꼴이 되지 말라는 법도 없지 않은가. 그 광경을 떠올리며 젊은이는 부르르 몸을 떨었다. 호랑이는 짐승을 잡아먹고

난 뒤 반드시 대가리만을 남겨 높은 바위 위에 올려놓는다고 한다. 그래서 그 몸통 없는 대가리들은 까마귀 까악까악 울부짖고 독수리 빙빙 돌며 날아들면 무서워, 무서워 소리치며 데구르르 데구르르 굴러다닌다고 했다.

노인의 집은 계곡 깊숙한 곳에 자리잡은 오막살이였다. 집 주위를 깊은 물웅덩이가 에워싸고 있었다. 방안은 정갈했지만 이상하게 휘휘하고 서늘한 기운이 감돌았다. 어쨌거나 이곳까지 따라왔으니 하룻밤 자고 날 밝는 대로 떠나자고 마음먹었다. 감발도 풀지 않은 채 괴나리봇짐을 끌어안고 벽에 기대앉았다. 여차하면 방문을 박차고 뛰어 달아날 작정이었다. 젊은이의 이러한 경계심을 아는지 모르는지 노인은 휴우, 긴 한숨과 함께 이야기를 시작하였다.

"사실은 내가 사람이 아니고 용이 되려다 못 된 늙은 이무기요. 지금부터 수백 년 전, 이곳 깊은 웅덩이 속에서 용이 되려고 때를 기다리고 있는데 어느 날 난데없이 큰 지네가 나의 영역을 침범해왔다오. 일곱 낮 일곱 밤 동안 엎치락뒤치락 죽을힘을 다해 싸웠지요. 결국 구사일생으로 나는 살고 지네는 죽었는데 그 죽은 지네의 딸이 몸종과 함께 사람으로 둔갑하여 용화산 중턱 큰 바위를 집 삼아 살면서 자기 애비의 원수를 갚겠다고 매달 보름날이면 싸움을 걸어온다오. 어찌나 힘이 세고 날랜지 늙은 나로서는 도저히 당할 길이 없구려. 게다가 그 암지네가 갖가지 도술까지 부리는 통에 어찌할 수가 없답니다. 그렇지만 않았다면 벌써 용이 되어 하늘로 올라갔을 터인데 지금 이 지경이 되어 몸만 점점 늙어가고 있으니 안타깝기만 하구려. 지금이라도 저 두 암지네들만 죽여 없앤다면 용이 되어 승천할 수 있을 거요. 선비께서는 나를 도와주실 수 있는지요?"

노인의 하소연에 동정심이 생긴 젊은이가 말했다.

"도와드리지요. 그런데 어떻게 도울 수 있는지 자세히 가르쳐주십시오."

"고맙소. 내일 날이 밝는 대로 용화산을 내려가 그 아래 고탄이라는 마을로 들어가시오. 그 마을에 가면 콩 한 섬을 어깨에 메고 다니는 무사가 있으니 모레, 보름날 그 무사를 데리고 산으로 올라오시오. 그는 힘이 장사일 뿐만 아니라 십 리 밖에서 날아가는 파리도 쏘아 맞추는 명궁수요. 보름날 석양 무렵에 암지네와 내가 용화산 중턱에 있는 넓은 마당바위 위에서 한판 승부를 가리게 될 것이오. 파란색 옷을 입은 것이 지네이고 누런색 옷을 입은 것이 나요. 용화산 정상에 올라가면 쌍둥이바위가 있는데 선비께서는 무사와 함께 그 바위를 세 바퀴 돌고 절을 한 다음 바위 꼭대기에 올라가 무사에게 파란 옷을 화살로 쏘도록 해주시오."

젊은이는 다음날 고탄 마을로 내려가서 콩 한 섬을 어깨에 메고 돌아다니는 무사를 찾았다. 역시 듣던 대로 키가 육척 장신에 몸이 무쇠처럼 단단한 장사였다. 힘이 남아돌아 어쩔 줄 모르는 데다 활 쏘는 재주 자랑을 하고 싶은 마음에 온몸이 근질근질 스믈스믈하던 무사는 젊은이의 청을 흔쾌히 받아들였다.

"내가 그 못된 암지네를 단방에 고꾸라뜨리겠소. 천 년 묵은 이무기가 용이 되어 승천할 때 소원을 빌면 천하 없는 어려운 것이라도 다 들어준답디다. 그저 내 화살 한 방이면 다 되는 일이니 젊은이는 용에게 빌 소원이나 잘 생각해두시오. 앗하하하."

두 사람은 용화산 꼭대기의 쌍둥이바위를 세 바퀴 돌고 절을 한 후 바위 위로 올라갔다. 해가 뉘엿뉘엿 넘어가는 석양 무렵, 훤히 내려다보이는 마당바위에서의 목숨을 건 싸움은 눈부실 만큼 장관이었다. 그것은 지네와 이무기의 싸움이라기보다 파란빛과 누런빛의 여한 없는 향연이었다. 어찌나 몸이 빠른지 그들은 빛처럼 날아오르고 부딪치고 뒤엉겼다가 다시 풀어지곤 했다. 날카로운 기합과 함께 파란 옷이 한 자루 보검처럼 싸늘한 빛을 뿜으며 공중으로 솟구쳐오르면 누런 옷이 황사처럼 그것을 뒤덮으며 으르렁거렸다. 파란 옷이 입으로 검푸른 독연기를 내뿜으면 누런 옷이 두 손바닥을 동그랗게 오므려 그것을 빨아들였다. 그들의 싸움은 석양빛이 거의 스러져갈 때까지 승부가 나지 않았다. 그러나 이미 누런 옷은 지친 기색이 완연하였다. 간신히 파란 옷의 공격을 막아내고는 있지만 헐떡이는 거친 숨소리가 쌍둥이바위 위의 두 사람에게까지 들려왔다. 마당바위 끝까지 몰린 누런 옷을 향해 파란 옷이 공중제비를 돌며 돌진하는 것을 보고, 생전 보지

도 듣지도 못한 이 놀라운 싸움판에 넋이 나갔던 무사가 비로소 활에 살을 먹여 높이 치켜들었다. 파란 옷을 겨냥하여 막 시위를 당기려는 찰나, 갑자기 하늘이 캄캄해지고 자욱한 안개와 먹구름이 눈앞을 가렸다. 번개가 번쩍이고 사나운 비바람이 몰아쳤다. 이 갑작스런 사태에 혼비백산한 무사는 저도 모르게 눈을 감은 채 손가락의 힘을 놓아버렸다. 시위를 떠난 화살이 날아간 방향을 가늠할 수 없었다.

잠시 후 거짓말처럼 날이 개었다. 석양의 마지막 빛으로 흐릿하게 드러난 마당바위 위의 광경에 젊은이와 무사는 경악했다. 종횡무진 날뛰던 파란 옷은 간곳없고 엄청나게 길고 굵은 몸통의 싯누런 구렁이 한 마리가 정수리에 화살이 꽂힌 채 널부러져 있는 것이었다.

젊은이와 무사는 무언가 돌이킬 수 없이 단단히 잘못되었음을 알았다. 우두망찰, 어찌할 바를 모르고 있는데 갑자기 아름다운 여인이 나타나 그들에게 큰절을 올리는 것이 아닌가. 자세히 보니 바로 전전날 밤 젊은이가 묵었던 집의 주인아씨였다.

“저를 살려주신 은혜가 백골난망이옵니다. 저의 생명

뿐 아니라 부모의 원수까지 갚아주신 두 분의 은공을 어찌 말로써만 보답하겠습니까? 여기서 용화산 줄기를 타고 한참 동안 가게 되면 큰 굴이 하나 있는데 그 굴속에 호랑이 가죽과 금은보화가 있으니 그것을 가지고 가십시오."

말을 마치고 여인은 홀연히 사라졌다.

젊은이와 무사는 마당바위로 내려갔다. 구렁이의 주검을 거두어 잘 묻어주고 두 번 절하는 예로써 장사지냈다. 하늘의 뜻이 어디에 있든, 인간 세상과는 다른 세상에 사는 그들의 질서나 계율이 어떠하든, 자신들의 손에 목숨을 잃게 된 것이 죄스럽고 가슴 아팠던 것이다. 또한 천년을 기다려 이무기가 되고 또 천년을 기다려 용이 되고자 했으나 끝내 하늘에 오르지 못한 구렁이의 원과 한이 가슴에 사무쳤던 것이다.

여인이 알려준 굴속에는 정말 호랑이 가죽과 금은보화, 진귀한 보물들이 가득 들어 있었다. 두 사람은 그것들을 똑같이 나눠 갖고 헤어져 각기 용화산의 동쪽과 서쪽 등성이로 내려갔다. 산길을 내려오던 젊은이는 어딘가 낯익은 풍경에 잠시 걸음을 멈추었다. 바로 사흘 전 자신이 묵었던 기와집이 있던 자리인 듯한데 기와집은 간곳없고 그 자리에 우람한 지붕 모양의 커다란 바위가 있을 뿐이었다.

누가 제일 빠른가

어느 마을에 일손 빠르기로 소문이 자자한 처녀가 있었다. 빠르기가 어느 정도인가 하면 누에씨를 받아 키워서 고치를 짓고, 그 고치를 삶아서 명주실을 잣고, 그 명주실로 옷감을 짜 물감 들이고 말려, 옷 한 벌 짓는 데 걸리는 시간이 고작 반나절이었다. 아침 일찍 깨알 같은 씨를 부화시켜 잠박에 얹은 누에가 점심때면 옷 한 벌이 되어 나오는 것이니 참으로 귀신이 하는 일이지 사람이 하는 일이라 볼 수 없었다. 대체로 손이 빠르면 솜씨가 거칠게 마련인데 그야말로 천의무봉, 흠 하나 잡을 데 없이 훌륭했다. 지체가 높은 집이나 부잣집에는 대개 바느질하는 침모를 두어 식구들의 옷을 짓기 마련이지만 마나님이나 아가씨들이 집안의 침모를 제쳐놓고 그 처녀에게서만 옷을 지어 입으려고 하는 탓에 일감이 끊이지 않아 돈벌이도 좋았다.

남 못 가진 재주로 이름나고 돈도 곧잘 버니 부모의 자랑이 대단했다. 나이가 차 결혼을 시켜야 하는데 눈에 차는 신랑감이 없었다. 생각다 못해 대문에 방을 붙였다.

"우리 딸의 재주가 이러이러하니 그에 걸맞은 재주나 기술이 있는 사위감을 찾노라."

그러나 여러 날이 지나도록 문을 두드리는 사람이 없었다. 내로라하는 총각들이 소문을 듣고 찾아왔다가도 막상 이 방의 내용을 보고는 감히 재주 자랑을 할 엄두를 낼 수 없었던 것이다.

어느 날 드디어 한 총각이 이 집의 문을 두드렸다. 이제나저제나 초조히 사윗감 후보를 기다리던 주인 영감이 그를 맞아들였다.

"따님이 그렇게 대단한 재주를 갖고 있다 하나 저의 재주 또한 그에 못지않습니다. 제 재주를 보시고 과히 부족하다 생각지 않으시면 따님을 주십시오."

"넌 무슨 재주를 갖고 있느냐?"

"예, 저는 아침에 집터를 닦아 벽 치고 구들 놓고 기와 얹고 문 달아 여덟 칸짜리 집을 짓고 아궁이에 불을 때어 한낮이 될 무렵이면 굴뚝에서 연기가 오르게 할 수 있습니다."

"그것 참 흔치 않은 큰 재주로구나. 내가 땅을 줄 터이니 그리해보아라."

주인은 집에서 좀 멀리 떨어진 땅을 지정해주었다. 총각은 다음날 아침 일찍 그곳으로 가서 집터를 닦았다. 딸은 같은 시각에 누에를 치기 시작하여 한낮이 되기 전 옷을 한 벌 지어 보자기에 싸놓았다. 점심때가 되어 처녀는 밥 담은 광주리를 머리에 이고 옷 보퉁이를 옆구리에 끼고 총각이 집을 짓는 곳으로 향했다. 총각은 장담했던 대로 그새 번듯한 기와집 한 채를 다 지어놓고 대문 앞에 앉아 있었다.

"점심 잡수세요."

딸은 점심밥 광주리를 내려놓고 집 안팎을 살펴보기 시작했다. 혹시 기왓장 하나라도 빠지지 않았는지 지붕 위까지도 샅샅이 점검을 하던 처녀가 집의 뒤켠 후미진 골방 문을 가리켰다. 아차, 총각은 주먹으로 제 머리를 쳤다. 골방 문의 돌쩌귀가 빠져 있었던 것이다.

딸은 그것을 구실로 퇴짜를 놓았다.

"기술은 훌륭합니다만 끝맺음이 여물지 못하군요. 당신하고는 못 살겠습니다. 어쨌든 수고했으니 이 옷이나 입고 가시오."

집을 다 지어놓고 시간이 남아 빈둥대면서도 깜박 그걸 놓치다니! 가슴을 치고 통탄한들 소용없는 일이었다. 점심 얻어먹고 잘 지은 명주옷 한 벌 얻어 입었지만 작은 방심으로 목적을 이루지 못하고 떠나는 마음이 쓰라리기 짝이 없었다.

총각은 그 마을을 떠나 고개를 넘어가다가 고개 꼭대기, 장정 서너 명은 너끈히 둘러앉을 만큼 넓은 마당바위에 벌렁 누워버렸다. 바위 아래 깎아지른 절벽 밑에는 시퍼런 강물이 흐르고 있었다.

다음날, 처녀의 집에 또 한 총각이 찾아들었다.

"저는 세상에서 그 누구도 못 가진 기술을 갖고 있습니다."

"무슨 기술인가?"

"예. 저는 반나절 안에 삼천 평 논의 모를 다 심을 수 있습니다."

"그것 참 쓸모 있는 기술이구나."

그런 재주를 가진 사위를 얻는다면 굳이 새경 주고 머슴을 두거나 바쁜 농사철에 따로 일꾼을 살 일이 없겠다 싶어 주인은 쾌히 논 삼천 평을 내주었다. 마침 모내기 철이었다.

다음날, 일하러 나가야 하는데 비가 주룩주룩 내렸다. 총각은 주인 영감에게 삿갓을 빌려 쓰고 논에 나갔다. 일이 거의 끝나갈 무렵 비가 개었다.

"날씨 부조도 한몫이라는데, 쳇, 일이 다 끝날 때가 되어서야 비가 그칠 게 뭐람."

총각은 삿갓을 벗어놓고 나머지 모심기를 했다. 삿갓을 벗으니 시원하기 짝이 없었다. 역시 소문난 재주답게 점심때가 되기 전 삼천 평 논의 모심기를 끝냈다.

논두렁에 앉아 여유롭게 담배 한 대 피우고 있자니

점심밥 광주리를 이고 옷 보퉁이를 옆구리에 끼고 오는 처녀의 모습이 보였다.

"점심 드세요."

처녀는 총각 앞에 점심밥을 내려놓고는 매운 눈길로 모심기를 끝낸 삼천 평 논을 꼼꼼히 둘러보았다. 논의 가장자리로는 봇도랑물이 졸졸 맑은 소리로 흐르고 물이 흥건히 넉넉하게 차 있는 논에는 방금 총각이 심어 놓은 모 포기가 푸른빛으로 가지런하니 이보다 더 흐뭇하고 아름다운 풍경이 없었다.

"눈이 빠지게 살펴보라지. 어디 모 한 포기 빠진 데가 있나."

자신만만한 총각은 밥을 담은 이남박에 반찬들을 부어 썩썩 비벼 흐벅지게 먹어대다가 갑자기 억, 소리를 지르며 순갈질을 멈추었다. 논의 끄트머리에서 처녀가 삿갓을 집어들자 삿갓이 놓였던 자리가 구멍이 난 듯 동그랗게 비어 있는 것이 아닌가. 총각은 기가 막혔지만 할말이 없었다.

"아, 재주는 놀랍지만 이렇게 허술한 데가 있으니 당신하고는 못 살겠소. 어쨌거나 수고했으니 이 옷이나

입고 가시오."

약속은 약속이고 실수는 실수였다. 배도 부르고 새 옷도 한 벌 얻어 입었지만 천하제일의 색싯감을 코앞에서 놓치고 자존심은 상할 대로 상했으니 기운이 날리 없었다. 오만상을 찌푸리고 발밑만을 보며 어정어정 가다보니 높다란 고갯길이었다.

마당바위에서 하릴없이 널부러져 있던 첫번째 총각은 자기와 똑같은 비단옷을 입고 고갯길을 올라오는 사람을 보았다. 아, 또 나처럼 처녀에게 퇴짜 맞은 한심한 작자가 오는구나 생각하며 말을 걸었다.

"당신도 그 집에서 오는 거요?"

"말 마시오. 삼천 평 논에 죽도록 모를 심고는 그만 손바닥만 한 삿갓 자리를 남겨놓았지 뭐요. 그 처녀가 나처럼 허술한 사람과는 혼인할 수 없다고 하더군요."

그들은 서로 신세한탄을 하며 그곳에서 함께 하룻밤을 지냈다.

다음날, 처녀의 집에 또 한 총각이 찾아들었다. 그 총각은 뭔가가 가득 든 봇짐을 지고 있었다.

"저로 말할 것 같으면 천하제일의 기술을 가진 사람

으로서, 역시 천하제일의 기술을 가진 처녀를 배필로 찾고 있습니다."

"무슨 기술이 그리 기막힌가."

"벼룩 세 말을 모아 그 벼룩 한 마리 한 마리마다 굴레를 씌울 수 있습니다."

총각이 열어 보이는 봇짐 안에는 거미줄처럼 가느다란 실로 짠 조그마한 굴레가 가득 들어 있었다.

주인은 벼룩에게 굴레를 씌워 뭣에 써먹을 것인가, 논을 갈 것인가, 밭을 갈 것인가, 짐수레를 끌게 할 것인가, 대문간에 매어놓고 도둑을 쫓을 것인가, 미운 놈 옷 속에 털어넣어 괴롭히는 일에나 쓸까, 참 쓸데없이 공력만 들이는 재주로구나, 싶었지만 그것도 남 못 가진 재주이니 총각을 집안 행랑채에 들였다.

다음날 총각은 집 안팎을 돌고 벽장 속과 방안의 삿자리 밑까지 뒤지며 열심히 벼룩을 모았다. 세 말의 벼룩이 모아지자 그것들을 자루에 담아 골방으로 들어가 한 마리 한 마리마다 거미줄같이 가느다란 실로 굴레를 씌우는 작업을 시작하였다. 그런데 세 말의 벼룩에게 빠짐없이 굴레를 씌웠는데 굴레가 하나 남는 거였다. 귀신이 곡할 노릇이었다. 벼룩 한 마리를 찾아 온 방안을 헤매는 총각에게 처녀가 말했다.

"당신 같은 재주는 처음 봅니다만 약속은 약속이지요. 이 옷이나 입고 떠나시오."

처녀는 하루종일 총각이 진땀을 흘리며 알뜰히 굴레를 씌운 세말의 벼룩을 빗자루로 썩썩 쓸어 삼태기에 담아 마당에 내놓고는 훨훨 불에 태워버렸다.

처녀가 지어준 새 옷을 입은 총각은 고놈이 어딜 갔을꼬, 고놈이 어딜 갔을꼬, 맥없이 중얼거리며 터덜터덜 고개를 올라오는데 산들바람이 불어 콧속이 간질간질했다. '에취' 느닷없이 재채기가 나오고 뭔가 툭 빠져나와 펄쩍 뛰어 달아났다. 코털 속에 죽은 듯이 숨어 있다가 맑고 시원한 바람 기운에 튀어나온, 끝내 총각을 쫓겨나게 만든 벼룩 한 마리였다.

마당바위에 앉아 하릴없이 지는 해를 바라보고 있던 두 총각은 자기들과 똑같은 옷을 입고 고갯길을 올라오고 있는 사람을 보았다. 물어보나마나 알 만한 상황이었다.

"다 지은 집에 그깟 돌쩌귀 하나 안 달았다고 쫓아내

다니!"

"삼천 평 논에 모심기를 했는데 까짓 코딱지만 한 삿갓 자리를 비워놨다고 쫓아내다니!"

"갓난애 눈꼽부스러기만한 벼룩에게 굴레 씌우는 기술을 우습게 알다니!"

서로의 사정을 털어놓고 얘기하다보니 새록새록 분통이 터졌다. 천하제일의 재주꾼이라는 체면과 자존심이 이렇게 구겨져도 되는 것인가.

"그 잘난 재주를 내세워 우리를 이렇게 골탕먹이다니. 이대로 물러설 수는 없다."

의기투합한 세 총각은 밤이 되기를 기다려 마을로 내려갔다.

주인 영감은 천하의 재주꾼으로 자칭하는 세 총각을 가볍게 쫓아낸 후 흐뭇한 마음에 술 한잔 걸치고 잠이 들었다. 손끝 하나 움직이지 않고도 공짜로 여덟 칸 번듯한 기와집이 생기고, 그 너른 삼천 평 논의 모내기를 반나절에 끝내고 온 집안의 벼룩들을 말끔히 소탕했으니 그야말로 일석이조! 꿩 먹고 알 먹고! 도랑 치고 가재 잡고! 배 먹고 이 닦기! 손 안 대고 코 푸는 땡 잡는

일! 내일은 또 어떤 재주를 가진 녀석이 내 집 문을 두드리려는고? 꿈속에서도 주인 영감은 흐뭇하고 흐뭇하여 빙긋빙긋 웃었다.

밤이 깊어 집안의 불이 모두 꺼지기를 기다려 세 총각은 자고 있는 처녀를 이불째 둘둘 말아 들쳐업고 다시 마당바위로 돌아갔다. 붙잡아다가 바위 위에 앉혀 놓고는 셋 중 누가 처녀를 차지할 것인가 밤새도록 내기를 했다. 팔씨름하기, 물구나무서서 오래 버티기, 방귀 크게 뀌기, 침 길게 뱉기, 오줌발 멀리 뿜어내기, 목청껏 소리를 내질러 맞은편 산의 나뭇가지 부러뜨리기 등등 온갖 내기를 하는 동안 날이 밝았다. 처녀는 겁에 질려 오들오들 떨면서도 자신을 차지하기 위해 벌이는 그들의 행태가 한심스럽기 짝이 없었다.

"이런 불한당 같은 놈들에게 몸을 맡기느니 차라리 죽는 것이 낫겠다."

바위 아래를 내려다보니 깊이를 알 수 없는 시퍼런 강물이었다. 처녀는 눈을 질끈 감고 바위 아래로 몸을 날렸다.

그때 강에서 뗏목을 타고 물길 따라 내려오던 한 총

각이 이 광경을 보았다. 보아하니 어여쁜 처녀인 듯한데 무슨 사연인지는 몰라도 그대로 떨어지면 깊고 험한 물에 빠져 죽을 게 뻔했다.

그 총각은 급히 뗏목을 강둑에 매놓고 원산으로 날아갔다. 대장간에서 낫을 만든 후 일본으로 날아가 울창한 대나무 숲에 들어가 그 낫으로 대나무를 베어 바구니를 만들었다. 다시 번개같이 날아와 막 물에 떨어져 허우적대는 처녀를 대나무 바구니로 건져올렸다. 이 모든 일들이 처녀가 바위에서 뛰어내려 강물에 빠지기까지의, 순식간에 이루어진 일이었다. 그때까지도 처녀를 차지하기 위해 아웅다웅 다투던 바위 위의 세 총각은 이 광경을 닭 쫓던 개 지붕 쳐다보듯 입을 헤 벌리고 멍청히 바라볼 수밖에 없었다.

이렇게 하여 세상에서 가장 손이 빠른 처녀는 생명의 은인이자 세상에서 가장 발이 빠른 총각과 결혼하여 오래오래 잘살았다.

주인장, 걱정 마시오

어려서 돌림병으로 부모를 잃고 친척집을 전전하던 어린 김응하는 임진왜란 중 여덟 살 난 동생을 등에 업고 피란길을 떠났다. 많은 사람들이 난리를 피해 고향을 떠나 유리걸식하던 시절이었다. 3년 동안이나 유랑하는 무리를 따라다니며 얻어먹고 지내던 소년 응하는 왜병이 물러가자 고향인 철원에 돌아와 사촌형의 집에 몸을 의탁했다.

어릴 때부터 유난히 골격이 크고 힘이 세었던 응하 소년은 주로 사냥을 해서 고기와 가죽을 팔아 생계를 이어갔다.

스무 살이 넘어 어엿한 청년이 된 김응하는 지리산이나 묘향산 등 멀고 큰 산으로 사냥을 떠나곤 하였다. 크고 귀한 산짐승들을 잡아야 돈이 되기도 했을뿐더러 끓어넘치는 힘을 겨루어볼 대상이 필요하기도 했던 것이다.

묘향산으로 떠난 그는 여러 날이 지나서야 곰 한 마리와 표범 한 마리를 잡았다. 곰의 배를 갈라 웅담을 꺼내고 표범 가죽을 벗겼다.

사냥을 마치고 산을 내려오는 길에 날이 저물었다. 다행히 산자락에 포실한 마을이 자리잡고 있는 것이 보였다.

응하는 그중 제법 번듯한 기와집을 찾아 문을 두드렸다. 그 집에서 풍겨오는 기름지고 맛있는 음식 냄새에 허기가 동한 탓도 있었다.

'잔치가 들었나? 제사가 들었나? 운 좋으면 오늘밤 음식을 걸판지게 얻어먹겠는걸.'

주인을 찾아 하룻밤 묵어가기를 청하였다. 주인은 난처한 기색으로 거절하였다. 입성도 반듯하고 점잖아 보이는 주인의 얼굴에 어쩐 일로 수심이 가득하였다.

"오늘밤 우리집에 저 산속 보타사의 도적떼가 오기로 되어 있소. 그들 눈에 띄었다가는 그 자리에서 참화를 당하게 될 터이니 다른 집으로 가보시오."

7년 동안이나 계속된 임진왜란이 끝난 지 얼마 되지 않았던 시절이었다. 온 나라가 전장터가 되었던지라 그 땅과 사람살이의 황폐함은 이루 말할 수 없었다. 먹고살 길을 잃어버린 사람들은 굶어죽거나 거지가 되거나 무리지어 도둑이 되는 일이 비일비재하였다.

나라의 기강이 무너지고 풍습은 어지러워졌다. 굶주린 백성들은 도의도 도리도 잃었다. 사람이 사람을 잡아먹는다는 흉흉한 소문이 나돌았다. 보타사에 진을 치고 있다는 도적들도 그러한 무리들이었다. 나라에 죄를 지은 사람들이 패거리를 지어 산중의 절을 빼앗아 스님들을 내쫓고 그곳을 소굴로 삼고 있었던 것이다. 낮에는 스님 행세로 탁발을 다니고 밤이면 도둑으로 변해 마을 사람들을 해치고 재물을 빼앗아갔다. 사람들은 그들을 불한당이라 부르며 무서워했다.

힘이 장사인 데다 담력 또한 그에 못지않은 응하는 오늘밤, 재미난 일이 벌어지겠군 생각하며 호기롭게 대답했다.

"도둑떼가 온다구요? 그것 참 잘되었습니다. 내가 다 막아드릴 테니 저녁밥이나 두둑이 먹여주시오."

"공연한 객기로 젊은 목숨을 잃지 말고 일찌감치 피할 도리나 하시오."

주인이 응하의 말을 믿으려 하지 않자 응하는 둘러메고 온 자루에서 표범 가죽과 웅담을 꺼내어 보였다.

"이게 무엇인지 아시오? 표범 가죽과 웅담이오. 이걸 내가 다 맨손으로 때려잡았다면 믿으시겠소?"

주인은 눈이 휘둥그레졌지만 그래도 응하의 말을 믿으려 하지 않았다.

"그게 호랑이 가죽인 것만은 틀림없소만 절로 죽어 자빠진 놈을 운 좋게 발견해서 가죽을 벗겨온 거겠지요. 에이, 호랑이에게 잡아먹혔다는 얘긴 많이 들었어도 호랑이를 맨손으로 잡았다는 얘기는 처음 듣소. 다 옛날 얘기에나 있는 거지요."

마당가에는 둥치가 반 아름이나 되는 배나무가 한 그루 서 있었다. 응하는 그 나무를 두 팔로 안고 야앗, 기합을 주었다. 그러자 배나무가 뿌리째 뽑혔다. 뽑힌

나무를 들어 땅바닥에 패대기를 치니 두 동강으로 뚝 부러졌다.

이 광경을 본 주인은 비로소 그가 천하장사라는 것을 인정하고 사랑방으로 모셔 들였다. 주안상을 푸짐히 차려 대접하며 자기 집안 이야기를 들려주었다.

"저의 집이 아주 어려운 처지에 놓여 있습니다. 지금 저희 집 별당에는 조카딸이 묵고 있습니다. 제 형님의 무남독녀 외동딸로 그야말로 금지옥엽이지요."

"그 조카딸이 무슨 말썽이라도 부리고 있단 말입니까?"

"그렇다면 차라리 좋겠습니다. 그런 게 아니라 그 조카딸이 병이 들어 물 맑고 공기 좋은 이곳에 요양 온 지 한 달이 됩니다. 이런 산골에서는 보기 드문 절색이라 그 소문이 산속 보타사를 차지하고 있는 땡초떼의 두목, 마달의 귀에 들어가게 되었지요. 마달이 자기의 셋째 첩으로 달라고 어거지를 쓰며 마구 졸라대더군요, 허허 참 기가 막혀서……."

"그래서 어떻게 하셨습니까?"

"하는 수 없이 조카딸이 데리고 온 몸종을 조카딸이

라고 속여 마달에게 시집을 보냈지요. 그런데 어찌어찌하여 속은 것을 알게 된 마달이 오늘밤 진짜 신부를 곱게 단장시켜 신방을 차려놓고 기다리지 않으면 집안 식구들을 모조리 죽여 분을 풀겠다는 겁니다."

"어이구, 저런 죽일놈이! 그래서요?"

응하가 주먹을 불끈 쥐며 다음 말을 채근하였다. 주인이 방바닥이 꺼지게 한숨을 쉬었다.

"조카딸은, 도적의 괴수에게 시집을 가느니 차라리 목을 매어 죽어버리겠다고 하더군요. 죽더라도 일단 신방에 들어가 얼굴이나 보인 후에 죽어야 집안이 무사할 테니 제발 다른 식구들의 목숨을 살리기 위해서라도 신방에 들어가라고 타일러놓고 그놈들이 오기를 기다리는 참입니다."

이야기를 듣고 난 응하는 의분을 참을 수 없었다.

"주인장, 아무 걱정 마시오. 내가 오늘밤 그 못된 놈을 박살내겠소. 오늘 대접받은 밥값을 톡톡히 치러드리겠소. 아무 염려 마시고 술이나 한 동이 갖다주시오."

주인은 반신반의하였으나 조금 전에 자기 눈으로 똑똑히 보았던 청년의 힘을 믿어보기로 했다. 응하는 단

숨에 술 한 동이를 벌컥벌컥 들이마시고는 신방에 들어가 웃통을 벗고 불을 끈 후 깔아놓은 비단 이불에 누웠다.

밤이 깊어 이슥고 밖에서 떠들썩한 소리가 들리더니 여러 놈의 거친 발소리가 쿵쾅쿵쾅 마룻장을 울렸다. 졸개들을 이끌고 마달이 온 것이다.

신방문을 열어젖히며 들어온 마달은 이불 속에 누워 있는 응하를 다짜고짜 끌어안았다. 구린내 풍기는 입을 들이대며 쩍 소리가 나게 입을 맞추는 순간 응하의 쇠뭉치 같은 손이 마달의 멱살을 잡고 들어올렸다.

"아이구, 이년이 사람 잡는다!"

마달은 온 힘을 다해 손아귀에서 빠져나오려고 버둥댔으나 어느 틈에 배를 깔고 앉은 응하는 돌덩이 같은 주먹으로 북 치듯 마달을 두들겨대었다.

"천하절색이라더니 천하장사일세. 버들잎처럼 나긋나긋 야들야들하다더니 순 거짓뿌랭일세. 무겁기는 어찌 이리 무거운고. 아이구, 이년아, 좀 살살 때려라. 아무리 매 끝에 정든다 해도 다짜고짜 주먹질이라니, 너는 귀한 양반집 규수라면서 서방님 맞이하는 예법을 이렇게 배웠느냐. 이게 무슨 짓이냐. 아이구 나 죽네, 마달이 죽네."

이게 꿈인가, 생시인가 몰라 두들겨맞으면서도 정신없이 주절대던 마달이 초주검이 되어 축 늘어지자 응하는 한달음에 밖으로 뛰어나갔다. 그러고는 이러한 신방의 소동을 모른 채 마당이고 대청이고 퍼질러 앉아 술이야, 고기야, 아귀아귀 처먹으며 떠들어대는 졸개들을 때려눕히기 시작했다. 마당에는 금시 열댓 명이나 되는 도둑놈들이 쓰러져 즐비하게 널렸다. 중 행세를 하느라 머리털을 밀어버린 빡빡머리, 상투머리, 댕기꼬리 물린 떠꺼머리, 산적처럼 풀어헤친 산발머리……. 그 몰골들이 가관이었다. 겁을 먹고 마루 밑에 숨어 있던 개가 그제야 슬금슬금 나왔다. 엉금엉금 기어 간신히 빠져나가는 놈들의 쿠릿한 냄새나는 엉덩이를 물어뜯으니 시커먼 알궁둥이를 드러낸 채 꽁무니가 빠지게 걸음아 날 살려라 하고 도망쳤다. 한참 후 겨우 정신이 든 마달은 상투를 풀어헤친 채 신발도 찾아 신지 못하고 괴수로서의 위신이나 체면도 없이 뒷담을 넘어 도망쳤다.

응하는 하인들을 시켜 마당에 널부러진 놈들을 묶어 광에 가두도록 일렀다. 날이 밝는 대로 관가에 넘기도록 했다. 그러고는 주인이 내온 술과 고기를 양껏 먹은 후 비단 이불을 덮고 깊은 잠에 빠졌다. 날이 새어 주인에게 작별을 고하니 주인이 사정사정하며 매달렸다.

"괴수 마달은 도망갔고 산속 절에는 아직 그 잔당이 많이 남아 있습니다. 그놈들이 기필코 원수를 갚으러 올 터인데, 장사께서 떠나시면 우리집은 아주 쑥밭이 되고 말 것이오. 그러니 어떡허든 우리 식구들을 살려 주고 떠나시오."

"염려 마십시오. 도둑놈들의 소굴을 완전히 소탕하고 마달이 놈에게 잡혀간 조카따님의 몸종도 찾아오고 스님들에게 절도 찾아주겠소."

주인을 안심시킨 응하는 그날 밤이 깊어 옆구리에 철퇴를 차고 보타사로 올라갔다.

응하는 벽력 같은 호통과 함께 철퇴를 휘두르며 절 마당으로 뛰어들어갔다. 졸개들이 낫과 도끼, 창과 몽둥이 들을 휘두르며 뛰쳐나와 응하의 주위를 여러 겹으로 에워쌌다. 일당 백이니 보통 사람이었다면 단박

산산조각이 났을 것이다. 그러나 천하장사 김응하였다. 펄쩍 뛰어 몸을 반공중으로 솟구쳤다 내려오면서 발길로 냅다 걷어차니 한꺼번에 세 놈이 쿵 하고 마당 가운데로 나가떨어지면서 그대로 뻗어버렸다. 이 광경을 본 다른 놈들은 그만 겁에 질려 달려들지 못했다. 워낙 오합지졸들이었다. 응하는 마루 밑에 숨어 옷 속으로 설설 기어들어오는 노래기와 지네를 뜯어내는 놈, 뒷간에 숨어 똥냄새에 코를 틀어쥐고 있는 놈, 공양간에 숨어 누룽지 훔쳐먹는 놈, 엉덩이를 하늘로 치켜든 채 쥐구멍에 얼굴만 숨긴 놈, 어젯밤 개에게 물어뜯긴 바지를 미처 꿰매 입지 못해 아직도 시커먼 알궁둥이를 드러낸 놈 모두 샅샅이 찾아내어 광에다 가두었다.

주지스님을 내쫓고, 그 방에 훔쳐온 병풍과 비단 이불과 반닫이, 화초장, 똥 누는 매화틀, 오줌 누는 요강과 가래침 뱉는 타구까지 호화판으로 꾸며놓고 사는 마달은 어젯밤 당한 봉변이 분하기 짝이 없었다. 새벽부터 하루종일 홧술을 마시다가 잠들었다. 졸개들을 이끌고 아랫마을로 내려가 한바탕 때려부수고 곳간을 털어 바리바리 이고 지고, 어젯밤 신방에서 자기를 묵사발로 만들어버린 신부인지 괴물인지를 꽁꽁 묶어 가마에 태워 돌아오는 꿈속을 헤매었다. 응하는, 잠에 취하고 술에 취하고 꿈에 취해 히죽비죽 웃어대며 음냐음냐 쩝쩝 군입맛을 다시는 마달을 끌어내어 광 속에 처넣고 철커덕 문을 잠가버렸다.

도적의 소굴을 단신으로 소탕한 응하는 골방 안에 숨어 오들오들 떨고 있는 조카딸의 몸종을 등에 업고 마을로 내려왔다. 주인의 대접이 어제에 비할 바 없이 융숭했음은 물론이었다.

"덕분에 몸 한번 잘 풀었습니다. 도적놈들은 절의 광에 가두었으니 곧 관가에 연락하십시오."

이튿날 아침 일찍 주인에게 하직을 고하자 주인은 응하의 손을 잡고 극구 만류하였다. 그리고 안방으로 데리고 들어가 비로소 자신의 내력을 얘기하는 것이었다.

"저는 지금 비록 신분을 버리고 한미한 시골 사람으로 살아가고 있습니다만 일찍이 과거에 급제하여 양주 군수를 지낸 바 있습니다. 지금 별당에 기거하는 아가씨는 제 조카딸이 아닙니다. 인목대비의 부친 되는 연흥부원군 김제남의 손녀로 광해군이 간신 이이첨, 정인홍 등의 참소를 듣고 연흥부원군을 역적으로 몰아 죽인 후 그 집안 남녀노소를 모두 잡아죽이거나 관비로 만드는 바람에 몸종만을 데리고 이곳으로 피신한 것입니다. 제가 예전에 그댁 어른께 크게 은혜 입은 일이 있어 거처를 마련해드린 것이지요. 죄인의 몸이라 드러내놓고 시집가기도 어려운 형편인데 마침 장사의 의기와 용맹을 보니 주책 없이 욕심이 동하는구려. 더욱이 이렇게 아가씨를 큰 위험에서 구해주었으니 이 역시 하늘이 맺어주는 인연이 아니겠습니까? 아주 오늘로 혼례를 치르고 고향으로 데려가주십시오."

이 말을 들은 응하는 자신의 처지와 형편을 이야기하며 굳이 사양하였으나 주인은 끈질기게 간청하였다. 일찍 부모를 여의고 서발막대 휘둘러봐도 거칠 게 없는 빈한한 형편의 혈혈단신인지라 장가갈 나이가 지나도록 총각 신세를 못 면하고 있는 응하로서는 감히 청해볼 수 없는 고마운 일이었다.

"제게는 분에 넘치는 규수입니다. 주인장 뜻이 그러

하시다 해도 아가씨는 어찌 생각할는지요?"

"제 뜻이 바로 아가씨의 뜻입니다."

그날 밤으로 초례청이 차려지고 혼례가 이루어졌다.

신방에 들어간 응하는 눈을 들어 단정히 앉아 있는 신부를 살펴보았다. 의젓하고 단아한 모습이 예법 있는 양반의 규수가 분명할 뿐 아니라 용모 또한 매우 아름다웠다. 응하는 기쁜 마음을 억누를 수 없었으나 짐짓 한마디 건네보았다.

"아가씨는 서울 재상집에서 귀하게 자라난 몸이나 나는 시골의 미천하고 보잘것없는 사람인데 오늘 이와 같이 부부의 연분을 맺는다는 것이 아무리 생각해도 맞지 않는 일인 것 같소."

"이 모든 일이 다 하늘의 뜻이 아닙니까? 하물며 도적에게 죽게 된 이 몸을 구해주신 은혜는 일생을 두고도 다 갚지 못할까 하옵니다."

응하로서는 변변치 못한 처지의 자신을 낭군으로 섬기려는 그녀가 고맙기 그지없었다.

그 집을 처가 삼아 예법대로 사흘을 지낸 후 신부를 데리고 떠났다. 고향으로 돌아온 김응하는 웅담과 호

二姓之合

피를 판 돈으로 집을 마련하여 단란한 신접살림을 시작하였다.

이태 뒤 무과에 급제하여 벼슬길에 나아갔다.

김응하 장군(1580~1619)은 조선조 14대 임금인 선조 시대에 태어나 15대 광해군 때 활약한 장군이다. 24세에 무과에 급제하여 두루 중요한 직책을 거쳤다. 광해군 10년, 중국 명나라에서 만주 남쪽의 여진족을 정벌하기 위하여 조선에 원병을 청하자 도원수 강홍립을 따라 군대를 이끌고 좌영장으로 만주에 출정하였다. 부하 삼천 명을 거느리고 육만 명의 적과 맞서 싸우다가 40세의 아까운 나이에 전사하였다. 사후 영의정에 추증되었으며 시호를 충무라 한다.

짚방망이로 짚북을 친 총각

강원도 춘천에서 동북간 약 이십 킬로미터 지점, 지금은 소양댐 물속에 잠긴 북산면 내평리라는 곳에 눈이 화등잔같이 크고 키가 구척장신인 한 총각이 살았다. 일찍 어머니를 여읜 그는 이웃 동네에서 머슴살이를 하면서 홀로 된 아버지를 봉양하고 누이동생을 거두었다. 우직하고 부지런한 총각은 열심히 일했다. 초가삼간이나마 반듯하게 짓고 예쁘고 알뜰하고 마음 착한 색시를 얻어 아버지를 잘 모시고 싶었다.

그들은 아주 가난하게 살았다. 아버지는 화전을 일구어 감자와 옥수수 농사를 짓고 여동생은 여동생 대로 손이 부르트게 삼 잣는 일을 했으나 살림은 좀체 나아지지 않았다.

어느 가을날 아버지는 꿈에 호랑이를 타고 가는 백발노인을 보았다.

“이는 필시 산신령께서 내게 산삼을 점지해주시려는 게다. 백년 묵은 산삼 서너 뿌리만 캔다면 아들 장가보내고 딸 시집보내고 이 지긋지긋한 가난을 면하련만…….”

아버지는 산삼을 찾아 깊은 산속을 헤매다가 발을 헛디뎌 그만 절벽 아래로 떨어지고 말았다. 기다시피 하여 간신히 집에 돌아오긴 했는데 그때부터 누워 앓기 시작했다. 자리에서 일어나지 못하는 아버지가 유일하게 할 수 있는 것은 이 잡는 일이었다. 옷 속에 손을 넣어 긁다가 한 마리씩 잡아내어 죽이며 ‘이놈의 이가 황소만큼 크구나. 뿔 안 달린 황소란 놈이 내 살을 물고 피를 빠는구나’ 하였다.

“꿈도 다 허사로구나. 호랑이 등에 탄 할애비가 산신령이 아니라 저승사자였던가보다.”

끙끙 앓으면서도 끝내 산삼을 캐지 못한 아쉬움으로

한숨만 쉬던 아버지는 한겨울에 세상을 떠났다. 주먹으로 눈물을 씻으며 머리맡에서 임종을 지키는 아들에게 슬픈 유언을 남겼다.

“애야, 착하고 부지런한 네가 부모를 잘못 만나 배우지 못하고 제대로 입고 먹지도 못하였구나. 이승에서의 지난날이야 돌이킬 수 없다만 내 죽어 혼이라도 네 앞길을 지켜주겠다.” 총각은 평생 고생만 하다가 세상을 떠난 아버지가 죽은 후에나마 편히 쉴 좋은 묏자리를 마련하고 싶었다. 그러나 가난한 그에게 쓸 만한 묏자리를 살 돈이 있을 리 없었다. 가을에 새경을 받으면 좋은 자리를 찾아 장사를 잘 지내려고 주인집 밭 옆에 임시로 매장을 하였다.

겨울이 가고 봄이 왔다. 들판에 푸릇푸릇 새싹이 돋아나고 버들개지 눈틸 무렵 한 스님이 마을로 들어왔다. 총각이 머슴살이하는 주인집 문앞에서 합장하며 청을 했다.

“시주님, 갈 길은 멀고 날이 저물었으니 소승 하룻밤 묵어갈 수 있겠는지요?”

“죄송합니다만 오늘밤 집안에 제사가 있어 안 되겠

습니다.”

낯선 손을 오늘밤 집안에 들이는 것이 싫은 주인이 핑계를 대며 거절하였다. 몹시 지쳐 보이는 늙은 스님의 모습이 딱해 총각이 주인에게 말했다.

“제 방에서 하룻밤 묵어가시게 하면 안 되겠습니까?”

“마음대로 하려무나.”

주인은 마음이 내키지 않았으나 더이상 거절할 명분이 없었다. 그 시절에는 ‘문전 나그네 흔연대접’이라 하여 잘 곳 없는 사람에게 하룻밤 잠자리를 제공하거나 배고픈 사람에게 한 끼 밥을 나눠주는 것을 당연한 도리로 알았다.

“스님, 누추하지만 제 방에서 함께 주무시지요.”

이리하여 총각은 낯선 스님과 하룻밤을 함께 지내게 되었다.

이튿날 아침 일찍 일어난 총각이 쇠죽을 끓이고 있는데 스님이 그를 불렀다.

“달걀 두 알만 갖다주게.”

총각은 스님의 부탁을 받고 부엌에서 달걀 두 알을 들고 나왔다. 하얀 닭이 낳은 흰 알과 누런 닭이 낳은 노란 알이었다. 스님에게 가져가다가 아차, 그만 쇠죽 가마에 노란 알을 빠뜨렸다. 펄펄 끓는 쇠죽 속에서 달걀은 순식간에 푹 익어버리고 말았다. 총각은 하는 수 없이 익은 달걀 하나와 날달걀 한 알을 스님에게 갖다주었다.

스님은 달걀 두 알을 주머니 속에 넣고는 곧바로 집을 나섰다. 왠지 수상쩍은 마음이 들어 총각은 몰래 스님의 뒤를 밟기 시작했다. 가파른 산길을 오르는 스님의 발걸음은 노인이라고는 믿어지지 않을 만큼 재발랐다. 누덕누덕 기운 승복 자락에서 휙휙 바람소리가 나는 듯하였다. 스님은 가리산 중턱에 이르러 멀고 가까운 산의 능선과 저 멀리 보이는 강줄기, 골짜기들을 오랫동안 찬찬히 바라보았다. 그러더니 '아, 바로 여기다' 하는 표정으로 무릎을 탁 쳤다. 스님은 발밑의 흙을 조금 파고 달걀 두 알을 묻었다. 그런데 잠시 후 얇게 덮은 흙이 들썩이더니 하얀 닭 한 마리가 퍼드득 날갯짓을 하며 나오는 게 아닌가. 총각은 자신의 눈이 의심스러웠다. 눈을 비비며 그 모양을 뚫어지게 바라보았다.

"이상하다? 왜 한 마리는 안 나오지?"

스님은 고개를 갸우뚱하고 중얼거리며 흙 속에 남아 있는 나머지 달걀을 들어 이리저리 살펴보았다. 총각이 보니 그것은 쇠죽가마 안에서 익어버린 노란 달걀이었다. 스님이 그것을 손에 들고 무어라고 중얼거리자 그 달걀에서도 누런 닭이 양 날개를 퍼득이며 나와 꼬끼요오, 우렁찬 소리로 울었다. 숨어서 이 광경을 지켜보던 총각이 스님 앞에 엎드려 절하며 애원하였다.

"스님, 도력이 정말 높으십니다. 진작 알아뵙지 못한 것을 용서해주십시오. 제게는 소원이 하나 있습니다. 지난겨울 아버지가 돌아가셨는데 여태 편안히 모실 자리를 마련해드리지 못했습니다. 지금 이 자리를 제 아버지의 묏자리로 쓰게 해주십시오."

"이 자리에는 아무나 묘를 쓸 수 없다네. 반드시 금관을 쓴 사람만이 쓸 수 있는 묏자리일세."

금관을 쓴 사람이란 바로 임금님을 이르는 것이 아닌가. 그러니 그것은 왕실의 묏자리, 즉 천하 명당이라는 뜻이겠다. 천하제일의 명당을 본 뒤인지라 앞으로 다른 묏자리가 눈에 들어올 리 없을 것이다. 남의 집

밭두둑에 아무렇게나 묻히신 아버지는 언제나 편안한 당신의 집을 갖게 될 것인가.

스님은 낙심천만한 총각이 고개를 푹 숙이고 터덜터덜 산을 내려가는 것을 돌아보지도 않았다. 여전히 그 자리에 결가부좌를 하고 앉아 무심한 눈길로 산이며 들이며 강이며 골짜기들을 바라보고 있을 뿐이었다.

가당찮은 욕심을 버리자고 아무리 마음을 비워도 두 마리의 닭이 꼬끼요오! 우렁차게 목청을 뽑으며 힘찬 날갯짓을 하던 그 자리가 눈에 아른거려 견딜 수가 없었다. 하늘이 내려주는 큰 복일수록, 받을 자격이 없는 자가 탐내면 오히려 큰 화와 재앙이 되는 법! 임금의 묏자리를 건드렸다간 목숨을 부지하기 어렵다는 것을 모를 만큼 어리석은 총각이 아니었다. 산에서 내려온 총각은 쇠죽을 마저 끓이려고 가마솥에 물을 더 붓고 주걱으로 휘저어대었으나 도무지 일손이 잡히지 않고 일할 기력도 없었다. 주걱을 내던지고 여동생이 혼자 지키고 있는 오막살이로 돌아와 이불을 쓰고 누워 버렸다.

“이걸 어쩌나. 우리 오라버님이 큰 병이 나셨구나.

어디가 어떻게 아픈지 말씀 좀 해보시오." 분명 오빠가 큰 병에 걸린 것이라 여긴 누이동생은 미음을 끓이고 찬 물수건을 이마에 갈아대며 여간만 걱정하는 것이 아니었다. 천정을 바라보고 누워 눈만 껌벅이던 총각은 마침내 누이동생에게 자초지종을 이야기하였다.

"오라버님, 그게 무에 그리 어려운가요?"

누이동생은 오빠의 말을 다 듣고 난 후 방긋 웃고는 밖으로 나갔다. 잠시 후 노란 귀리 짚을 한 아름 안고 들어왔다. 그 귀리 짚을 엮어 관을 만들어 오빠에게 씌웠다. 얼핏 보면 노란 금관처럼 보이기도 했다. 총각은 귀리 짚 관을 쓰고 산으로 내달았다. 스님은 마치 그를 기다리고나 있는 듯 그 자리에 그대로 앉아 있었다.

"스님, 저도 금관을 썼으니 이 묏자리를 저에게 주십시오."

마침 해질녘이어서 넘어가는 저녁 햇살을 받은 귀리 짚 관이 휘황하게 빛을 뿜는 찬란한 금관처럼 보였다. 스님은 총각이 쓰고 있는 귀리 짚 관을 보고는 하는 수 없다는 듯 허허 웃었다.

"너의 정성이 이토록 지극하니 어쩔 수 없구나. 이

뫼자리는 네가 쓰도록 하여라."

감읍한 총각이 엎드려 절하고 일어나보니 스님의 모습은 간 곳이 없었다. 스님이 앉았던 자리의 흙이 동그마니 눌려 있을 뿐이었다.

총각은 그해 가을 새경을 받아 그 뫼자리에 아버지의 시신을 모시고 장사를 잘 치렀다. 좋은 자리에 아버지를 모셨으니 마음이 홀가분하고 흐뭇하기 그지없었다. 여전히 머슴살이는 면하지 못했지만 꾀부리지 않고 열심히 일하는 그에 대한 주인의 신임이 깊어졌다. 새경도 올려주고 작은 논을 하나 떼어 맡겨주니 힘든 일도 고된 줄 모르고 즐거웠다.

어느 날 이 시골 마을에 커다란 방이 하나 붙었다.

"짚으로 만든 북을 짚으로 만든 방망이로 쳐서 북소리를 울리는 자를 찾는다."

그것은 후계자가 없이 붕어한 중국 천자의 유언이었다. 천자가 이러한 유언을 남기고 세상을 떠나자 그 명에 따라 짚으로 북과 방망이를 만들어놓고 높은 대신

들이 차례로 두들겨보았으나 소리가 나지 않았다. 이에 당황한 신하들이 온 나라 곳곳에 짚북과 짚방망이를 걸어두어 사람들로 하여금 북을 쳐보도록 하였다. 그러나 짚으로 만든 북을 짚으로 만든 방망이로 쳐서 소리를 낼 수 있는 사람은 중국 천지에 아무도 없었다. 그래서 하는 수 없이 멀고먼 동쪽 나라 강원도 땅 시골 마을에까지 방을 써붙이게 된 것이다.

“오라버님이 한번 북을 쳐보실래요?”

꾀바르고 영특한 누이동생이 총각에게 넌지시 물었다. 총각이 펄쩍 뛰었다.

“그 넓은 중국 천지에서도 그 북을 쳐서 소리낼 사람이 하나도 없는데 나 같은 시골 무지랭이가 당키나 하냐?”

“길고 짧은 것은 대어봐야 아는 법입니다. 남이 못한다고 나도 못하리라는 법이 어디 있어요? 평생 이 촌구석에서 머슴살이만 하고 사실랍니까? 설사 북소리를 못 낸다 해도 밑져야 본전! 이참에 중국으로 건너가 넓은 세상을 두루 보는 것만으로도 얼마나 좋은 일입니까?”

딴은 그렇기도 했다. 사나이로 태어나 이 궁벽한 산촌에 묻혀 머슴살이로만 일생을 마칠까보냐. 총각은 주먹을 불끈 쥐고 용기를 북돋우었다.

총각은 누이동생과 함께 먼길을 나섰다. 몇 날 며칠을 고생한 끝에 중국 땅에 도착했다. 밤낮없이 걷고 걷고 또 걸어 도착한 곳이 중국 땅이라고는 하지만 초행길인 그들로서는 어디가 어딘지 도통 알 수가 없었다. 사방천지 가늠할 수 없이 넓고, 난생처음 보는 이상한 복색의 사람들이 알아들을 수 없는 말로 시끄럽게 쏼라쏼라대는 걸 보면서 여기가 중국이구나, 대국 땅이구나 짐작할 뿐이었다.

"우리 사람 호떡 싸고 맛있어. 우리 사람 맘 좋아 크게 크게 만들어. 먹어도 먹어도 다 먹지 못해해. 빨리 빨리 이리와 맛있는 호떡 사먹어 해."

사람들이 복작대는 시장거리에서 호떡장수가 배고파 보이는 두 남매를 큰 소리로 불렀다. 총각과 누이동생은 큼직한 호떡을 두 개 사서 하나씩 나눠먹는 것으로 허기를 채웠다. 양지바른 풀밭에 앉아 일단 다리쉼을 하기로 하였다. 다리는 퉁퉁 붓고 수천 리 길을 걸

어온 발은 온통 부르트고 상처투성이인 데다 꽈리처럼 물집이 잡혀 있었다. 게다가 몸이 견딜 수 없이 근지러웠다. 오른팔, 왼팔 번갈아 옷 속에 넣어 긁적거리기도 하고 나무에 등을 대고 지렁이 춤추듯 비비꼬며 비벼대기도 하였으나 소용없었다. 종내 체면이고 부끄러움이고 다 집어던지고 사람들 눈을 피해 돌아앉아 옷을 벗었다. 아니나 다를까, 오래 빨아 입지 못한 옷의 솔기마다 보리톨만 한 이들이 스물스물대고 있는 것이었다. 한 말은 됨직한, 수천 마리의 이를 다 잡아 죽이고 나니 그제야 시원해졌다. 가려움증이 가시자 이번에는 졸음이 쏟아졌다. 양지바른 풀밭에 길게 누워버리려는 오빠에게 누이동생이 핀잔을 주며 일으켜세웠다.

"오라버님은 고작 이나 잡아죽이려고 그 먼길을 걸어 중국 땅에 온 것 같습니다."

'아, 참 북을 치러 왔지. 그런데 어디로 가야 북을 칠 수 있지?'

총각은 벌떡 일어나 다시 걸음을 재촉했다. 만나는 사람에게마다 물었으나 그들은 총각의 말을 알아듣지 못하고 고개를 흔들었다. 거의 반나절을 걸어 인적이

드문 들길에서 휘적휘적 마주 걸어오는 늙은 스님을 만났다.

"스님, 말씀 좀 여쭙겠습니다. 짚으로 만든 북을 치려면 어디로 가야 합니까?"

총각이 공손히 물었다. 스님이 총각을 뻔히 쳐다보더니 피식 웃었다.

"총각도 북을 치러 가는 모양인데 나는 이제껏 당신 같은 사람들을 숱하게 만났지. 그냥 돌아가는 게 좋을 거요. 그 북은 황소 삼천 마리를 죽인 사람만이 소리를 울릴 수 있는데 총각 행색을 보아하니 암소 한 마리도 다루어보지 못한 사람 같소. 괜히 헛걸음하지 말고 그냥 돌아가는 게 좋을 거요."

총각이 이 말을 듣고, 모든 것이 다 허사로구나 싶어 되돌아가려 하자 이번에도 누이동생이 만류했다.

"오라버님, 예까지 와서 왜 그러십니까? 돌아가신 아버지께서는 이 한 마리 잡을 때마다 '그놈 황소만큼 크구나' 하시지 않았습니까? 오라버님이 좀 전에 죽인 황소가 삼천 마리만 됩니까? 포기하지 말고 찾아보십시다."

무슨 마음이 들었던지 그들을 지나쳐 멀어져가던 스님이 문득 돌아섰다. 어깨를 축 늘어뜨리고 누이동생과 싱갱이를 벌이고 있는 총각을 향해 한마디 툭 던졌다.

"여기서 동쪽으로 시오리 걸어가면 큰 누각이 있고 그 누각에 짚북과 짚방망이가 있다오. 부지런히 가면 해 지기 전에 닿을 거요."

여기까지 왔으니 속는 셈치고 가보자. 총각과 누이동생은 동쪽을 향해 발길을 재촉했다. 스님의 말대로 시오리를 걸어가니 큰 누각이 나타났다. 북 칠 차례를 기다리는 높고 낮은 신분의, 늙고 젊은 남자들이 길게 줄을 지어 서 있었다. 화려하고 위엄 넘치는 관복을 차려입은 높은 관리 세 사람이 심사대에 앉아 있었다.

한 사람씩 누각으로 올라가 얼굴과 온몸에 불끈 힘줄을 세우며 젖 먹던 힘을 다해 북을 쳤지만 풀밭에 바늘 하나 떨어지는 소리만큼도 내지 못했다.

총각의 차례가 되었다. '황소 한 놈 잡았다, 황소 두 놈 잡았다' 중얼거리며 이를 잡던 아버지의 모습을 떠올리며, 짚으로 만든 방망이를 높이 쳐들었다. '휘익' 허공중에 반원을 그리며 짚으로 만든 북을 힘껏 쳤다.

이 어찌된 일인가. 여태껏 깊은 잠에 빠진 듯 울릴 줄 모르던 징북에서 둥둥 두둥 두웅 둥둥 두둥 두웅 웅장하게 깊고 맑은 소리가 울려퍼지는 것이 아닌가.

고씨네

고씨 성을 가진 한 처녀가 산첩첩 먼 고장으로 시집을 갔다. 신랑은 글을 읽는 사람이라고 했다. 궁벽한 산촌 가난한 살림이지만 처녀는 글 잘하는 신랑이 자랑스러웠다.

사랑방에서 밤낮없이 글만 읽는 신랑은 얼굴이 하얗고 손도 고왔다. 부엌에서 밥이 끓는지 죽이 끓는지 아랑곳하지 않았다. 양반다리를 하고 앉아 몸을 좌우로 흔들며 공자왈 맹자왈 글만 읽었다. 소나기가 쏟아지면 방문을 활짝 젖혀 밖을 내다보며 '아, 시원타 한여름의 빗소리!' 하며 운을 맞춰 글을 지을 뿐, 아내가 삶고 두드려 빨아 하얗게 널어놓은 빨래들이 흠뻑 젖어도 거두어들일 줄 몰랐다. 들일 밭일은 오로지 아내의 차지였다. 뿐만 아니었다. 가난한 살림을 꾸려가노라 삯바느질이며 방아질이며 가리지 않고 품을 팔았다. 뜨물통 나르고 거름지게 지는 것도 아내의 일이었다.

"아니 남편은 뭘 하길래 새댁이 이런 일까지 하나."

"우리 낭군은 글 읽는 선비랍니다."

동네 사람들이 딱하게 여겨 한마디하면 아내는 늘 그렇게 대답했다.

들어앉은 남편 대신 안팎살림을 도맡아 해내느라 아내의 고운 얼굴은 거칠게 주름지고 손은 북두갈퀴가 되었다. 절로 팔자한탄이 나왔다.

'빛 좋은 개살구지.'

마루 끝에 걸터앉아 다랑이논 저만치 건너 눈앞을 가로막는 높은 고개를 보며 꺼질 듯이 한숨을 쉬었다. 그러면 그 높은 고개가 '여자 팔자 뒤웅박 팔자' 하고 대답하는 것 같았다.

어느 날 어둑어둑해질 무렵 품팔이 갔다가 돌아오는 길에 소나기를 만나 물에 빠진 생쥐꼴로 쫄딱 젖은 아

내는 그만 손뼉을 딱 치며 문간에 주저앉아버렸다. 마당에 멍석을 펴고 널어놓았던 아까운 낟알들이 빗물에 둥둥 다 떠내려가버렸다. 기세 좋게 퍼부어대는 빗소리에 질세라 한껏 목청을 돋우어 글을 읽는 남편을 향해 원망스럽게 말했다.

“그렇게 글만 읽으면 밥이 나옵니까, 옷이 나옵니까.”

남편은 아내를 물끄러미 바라보다가 아무 소리도 못 들은 양 다시 글을 읽었다.

“쇠귀에 경 읽기지. 차라리 바람벽에 대고 말하는 게 낫고말고.”

아내는 제 가슴을 쥐어뜯으며 울었다.

어느 날 남편은 과거를 보기 위해 한양으로 떠났다. 높은 고개를 넘어간 남편은 여러 해 동안 소식이 없었다. 아내는 남편이 넘어간 높은 고개를 원망스레 바라보았다. 높은 고개는 또 뭐라고 말하는 것 같았다. 아내는 여전히 땅에 엎드려 들일 밭일을 하며 살아갔다. 가끔 비어 있는 사랑방에서 남편의 글 읽는 소리가 들리는 것 같아 문을 열어보다가 후루룩 눈물을 떨구기도 했다.

작은 고개 너머 이웃 마을에 사냥꾼 노릇을 하면서 약초를 캐어 팔아 먹고사는 홀아비가 있었다. 그가 자식도 없이 홀어미가 되어버린 아내에게 마음을 두었다.

"안된 말이지만 이젠 안 돌아올 사람이구먼. 살아 있다면 이렇게 소식이 없을 수가 있나."

진즉에 산적들한테 잡혀 변을 당했을 수도, 어쩌면 한양의 꽃 같은 처자에게 마음을 빼앗겨 고향의 아내를 잊었거나 절대 그럴 리 없겠지만 혹 첩첩산중에서 사나운 산짐승에게…… 그런 일도 종종…….

홀아비는 이러저러한 암시와 말로 아내의 마음을 돌려보려고 애썼다. 글만 읽던 남편에게 질린 아내는 부지런하고 듬직한 홀아비 사냥꾼에게 차츰 마음을 주게 되었다. 그에게 시집가서 몇 해를 잘살았다. 그러다가 사냥을 나갔던 홀아비가 선불 맞은 멧돼지에게 받혀 죽어 다시 혼자가 되었다.

이듬해 가을볕이 무심히도 따사로운 날, 전생에 무슨 죄를 그리 많이 지었길래 내 팔자가 이렇게 사나울꼬, 탄식하는 아내의 귀에 바람을 타고 흥겨운 풍악소리가 들려왔다. 그 소리를 따라 아내는 전에 살던 마을

이 바라보이는 언덕에 올랐다. 사람들이 말 탄 사람을 앞세워 북 치고 장구 치며 행렬을 이루어 아내의 집을 향해 가고 있었다.

남편이 과거에 급제하여 머리에는 어사화를 꽂고 시종들을 거느리고 풍악을 잡히며 당당하게 돌아온 것이다. 아내는 옷매무새를 단정히 하고 한바탕 잔치가 벌어진 마당으로 들어갔다. 남편을 똑바로 바라보며 말했다.

"당신이 떠나고 난 후 여러 해 지나도록 소식 한 자 없어 이 세상 사람이 아니거니 싶어 재혼을 했으나 다시 혼자몸이 되었어요. 이제 돌아오셨으니 이 집에서 함께 살도록 해주십시오."

남편은 아내에게 눈길도 한 번 주지 않고 말했다.

"물동이를 하나 가져오시오."

남편은 물동이 가득 물을 채웠다.

"저 높은 고개 꼭대기까지 이것을 이고 가서 쏟아버린 다음 쏟은 물을 도로 퍼담아 원래대로 한 동이 가득 채워오면 당신을 받아들이겠소. 그렇지 못하면 우린 함께 살 수 없소."

아내는 물을 가득 채운 물동이를 이고 허위허위 고개 꼭대기까지 올라갔다. 물이 찰랑찰랑 넘쳐 흘러내리고 뙤약볕에 땀이 비 오듯 흘렀다. 자신의 처지가 기막혀 눈물이 쏟아졌지만 이를 악물고 온 힘을 다해 올라갔다.

고개 꼭대기에 이르러 쏟은 물은 바짝 마른 흙 위에 순식간에 잦아들었다. 황급히 두 손바닥을 오므려 물을 퍼담으려 했으나 젖은 얼룩만을 남긴 채 다 땅속으로 스며들고 말았다. 손은 갈퀴가 되어 물이 달아난 자취를 미친 듯 파헤쳤으나 다시 솟아날 리 없었다. 그래도 아내는 물동이를 채워 이고 높은 고개를 오르내렸다. 물을 쏟고 쏟은 물을 다시 퍼담으려고 애썼으나 허사였다. 아내는 비로소 한번 쏟은 물은 주워 담을 수 없듯이 다른 남자에게 시집가서 살았던 사실은 돌이킬 수 없는 허물이니 받아들일 수 없다는 뜻임을 깨달았다.

높은 고개에 올라 앉아 아내는 예전에 살았던 마을을 내려다보았다. 손바닥처럼 빤히 보이는 자기 집 마당에서 연일 이어지는 잔치의 풍악소리를 들었다. 밤

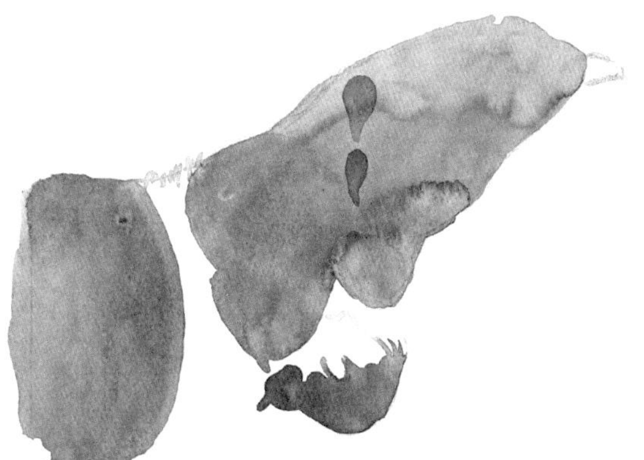

낮없이 남편이 글을 읽던 사랑방을 넋 놓고 하염없이 바라보았다.

몇 날 며칠, 먹지도 마시지도, 잠도 자지 않고 그렇게 지내던 아내는 텅 빈 물항아리에 기대어 시든 풀처럼 말라죽었다.

아내의 죽음에 남편은 몹시 마음이 아프고 괴로웠다. 다른 남자에게 시집갔던 아내를 받아들일 수는 없었지만 검은 머리가 파뿌리가 되도록 함께하자고 하늘에 고하는 예식으로 부부의 연을 맺었던 아내가 아닌가. 백면서생 시절, 글 읽는 일밖에는 모르는 자신을 위해 가난을 견디며 온갖 고생을 했던 아내가 아닌가.

남편은 아내가 죽은 자리에 튼튼하고 잘생긴 막대를 꽂고 색색의 고운 헝겊조각을 매달아 그 넋을 위로하였다. 그 죽음의 사연을 아는 사람들은 높은 고개를 지날 때마다 떡 조각을 조금 떼어 막대에 붙여놓으며 '고지네, 고지네' 즉 고씨 성의 여자를 불러주는 것으로 또한 그 넋을 위로하였다.

비단장수들 사이에서는 등짐으로 짊어진 비단 필에서 조금씩 잘라내어 그 막대에 끼워주면 장사가 잘된다는 속설이 퍼졌다. 그래서 그 막대에는 사시사철 고운 색 헝겊이 바람 타고 펄럭였다.

오정희의 기담

초판 1쇄 발행 2018년 9월 28일
초판 2쇄 발행 2018년 11월 26일

지은이 오정희
그린이 이보름
펴낸이 정중모
편집인 함명춘
펴낸곳 도서출판 열림원
임프린트 책읽는섬

출판등록 1980년 5월 19일(제406-2000-000204호)
주소 경기도 파주시 회동길 152
홈페이지 www.yolimwon.com
페이스북 /yolimwon
인스타그램 @yolimwon
전화 031-955-0700
팩스 031-955-0661~2
이메일 editor@yolimwon.com
트위터 @yolimwon

편집 전태영 이영은
제작 관리 윤준수 정희숙 김다웅 허유정
홍보 마케팅 김경훈 김선규 김계향
디자인 강희철

ISBN 979-11-88047-54-3 03810

* 책읽는섬은 열림원의 임프린트입니다.

* 이 도서의 국립중앙도서관 출판예정도서목록(CIP)은 서지정보유통지원시스템(seoji.nl.go.kr)과 국가자료공동목록시스템(nl.go.kr/kolisnet)에서 이용하실 수 있습니다. (CIP제어번호: CIP2018027877)
* 책값은 뒤표지에 있습니다. 잘못된 책은 구입하신 곳에서 교환해드립니다.

만든 이들_ 편집 유성원